普通高等教育实验实训规划教材

U0127818

电力技术类

电力应用文写作实训教程

编 著 洪 薇
主 审 张梦新

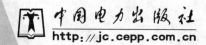

中国电力出版社

http://jc.cepp.com.cn

内 容 提 要

本书为普通高等教育实验实训规划教材（电力技术类）。

全书分为两篇共十章，上篇应用文写作单项实训指导，内容包括事务类、公务类、信息类、协议类、呈请类、礼仪类、经济类文书和论文；下篇应用文写作综合实训指导，内容包括综合实训总体指导和分类指导。本书以能力训练为主，重在应用文写作各环节、各层次实训目的、内容、重点、要求、步骤、提示等方面的设计与指导，旨在帮助受训者感受应用文写作的真实场景、体验应用文写作的实际效用、提高应用文写作的能力。

本书可作为高职高专院校电力技术类及相关专业的实训教材，也可作为相关工程人员从事应用文写作时的参考材料。

图书在版编目（CIP）数据

电力应用文写作实训教程/洪薇编著. —北京：中国电力出版社，2008

普通高等教育实验实训规划教材. 电力技术类

ISBN 978 - 7 - 5083 - 8089 - 6

Ⅰ. 电… Ⅱ. 洪… Ⅲ. 电力工业－应用文－写作－高等学校－教材 Ⅳ. H152.3

中国版本图书馆 CIP 数据核字（2008）第 170448 号

中国电力出版社出版、发行

（北京三里河路 6 号　100044　http://jc.cepp.com.cn）

汇鑫印务有限公司印刷

各地新华书店经售

*

2008 年 12 月第一版　　2008 年 12 月北京第一次印刷

787 毫米×1092 毫米　16 开本　10 印张　238 千字

定价 **16.00** 元

前　言

　　应用文写作实训的最主要的目的是化知为能，学以致用。基于此，本教材拟以实训活动及其辅导为主、以文案示例为辅的方式来进行编写。

　　本教程不以理论阐释为主，而以能力训练为主；重在应用文写作各环节、各层次实训目的、内容、重点、要求、步骤、提示等方面的设计与指导，旨在帮助受训者感受应用文写作的真实场景、体验应用文写作的实际效用、提高应用文写作的能力。

　　电力应用文写作实训分单元、分层次进行能力训练活动。在教程上分事务类、公务类、信息类、协议类、呈请类、礼仪类、经济类文书和论文八个基本单元进行分项实训；在层次上分单项实训、单元实训及综合实训三个层次展开实训，以便循序渐进，逐步提高。

　　教材总体设计分上篇应用文写作单项实训指导、下篇应用文写作综合实训指导两篇。上篇应用文写作单项实训指导包括写法指导、文案示例、思考讨论、简析提示、单项实训、单元实训几个方面，以文案示例为主，满足学生写作参考之用；同时，对每一文种均安排单项实训，以便于有针对性地培养学生对某一具体文种的认识与掌握，并在每一单元的文类后设置单元实训，强化学生对该类文书的比较掌握与实际运用能力。下篇应用文写作综合实训指导分总体指导、分类指导两部分，以活动整体设计、指导为要，以便教师在实训期间开展实训指导活动；同时，在实训层次上以综合实训为主，指导学生根据实训的需要，灵活运用各类文书的写作来解决实际学习生活中的具体问题，综合提高学生应用文写作的素质与能力。

　　本教程力图理论与实际相结合，化知为能，学以致用；逐渐培养学生应用文写作能力，把应用文写作的基本技能训练与综合能力培养相结合；关注学生写作的需求与兴趣，以实训项目组合各大类的应用写作活动，在活动中自然生成应用文写作成果；关注实训示例的参考性、实训项目组合的灵活性、实训活动的实效性及与目前已出版使用的大多数应用文写作教材的兼容性。

　　编著过程中，多有疏漏之处，欢迎广大师生提出宝贵意见，以便于修正。

洪　薇

2008 年 10 月

目　录

下篇　应用文写作综合实训指导

上篇 应用文写作单项实训指导

第一章 事务类文书

事务文书是机关、团体、企事业单位在处理日常事务时用于沟通信息、安排工作、总结得失、研究问题的实用文体。

第一节 计 划

【写法指导】

一、标题

计划标题一般由四个部分组成：计划的制订单位名称、适用时间、内容性质及计划名称。根据计划文本的成熟程度，有可能出现第五个部分，即在标题尾部加括号注明草案、初稿、征求意见稿、送审稿等，如《××市 19××年再就业工程实施方案（讨论稿）》。

二、引言

计划通常有一个引言段落，主要点明制订计划的指导思想及对基本情况的说明分析。引言文字力求简明，阐明制订计划的必要性及执行计划的可行性。

三、主体

如果说引言回答了"为什么做"的问题，那么主体要回答"做什么"、"怎么做"、"何时做"等问题。主体一般包括以下三部分：

1. 目标与任务

首先要明确指出总目标和基本任务，随后应根据实际内容进一步详细、具体地写出任务的数量、质量指标。必要时再将各项指标定质、定量分解，以求让总目标、总任务具体化、明确化。

2. 办法与措施

以什么方法、什么措施确保完成任务实现目标，是有关计划可操作性的关键一环。所谓有办法、有措施就是对完成计划须动员哪些力量、创造哪些条件、排除哪些困难、采取哪些手段、通过哪些途径等心中有数。这既需要熟悉实际工作，又需要有预见性，而且关键在于有实事求是的精神。唯有这样，制订的措施、办法才是具体的、切实可行的。

3. 时限与步骤

工作有先后、主次、缓急之分，进程又有一定的阶段性，为此在计划中针对具体情况应事先规划好操作的步骤、各项工作的完成时限及责任人，这样才能职责明确、操作有序、执行无误。

四、落款

落款一般包括计划修订者及修订时间，若之前已明确则从略。

【文案示例 1】

上海 10 万个太阳能屋顶计划

上海 10 万个太阳能屋顶计划研究，是在世界自然基金会和上海市经委的支持下，由上海交通大学太阳能研究所承担的太阳能应用项目课题，因地制宜地制定了上海太阳能屋顶发展计划，结合发展循环经济，建设资源节约型、环境友好型、和谐社会发展型的社会的需求，有利于可再生能源的开发和绿色电力的可持续利用。

近年来，上海经济发展持续保持两位数增长，电力供应成为制约经济发展的瓶颈之一，基础电力和峰值电力差有时高达一倍。上海没有油田煤矿，但有 2 亿 m^2 屋顶，安装太阳能并网屋顶光伏发电系统（以下简称太阳能屋顶），不仅能实现屋顶价值最大化，还能美化环境与保护生态。

从 2004 年 8 月开始，课题组重点了解上海电力发展规划，其中包括历年发电量和用电量需求的变化、电价构成和电价的变化、太阳能辐照资源情况、光伏产业现状及发展预测等情况；上海市绿色电力机制提出了上海发展 10 万个太阳能屋顶计划。

一、10 年计划 10 万个太阳能屋顶

上海计划利用 10 年的时间，将现有 2 亿 m^2 屋顶的 1.5％，约 300 万 m^2，即 10 万个屋顶用作太阳能发电，相当于新建一个 30 万 kW 的发电厂，而且是峰值发电。

在 $1000W/m^2$ 标准日照条件下安装太阳能屋顶，可发电 $130\sim180kWh/m^2$。按上海地区标准日照时间 $1100\sim1300h/$年计算，每年最低发电量可达 $143kWh/m^2$。$30m^2$ 的太阳能屋顶，相当于一台 3kW 的小型发电机，发电约 3300kWh/年，而一个家庭的月用电才 100 多 kWh，可供三个家庭的年用电量。

二、10 万个太阳能屋顶两期建设

第一期，从 2006～2010 年，完成 1 万个太阳能屋顶，每个屋顶 3kW，总装机 3 万 kW，年发电量 0.33 亿 kWh。初期每个太阳能屋顶按 15 万元计算，需投资 15 亿元。

第二期，从 2010～2015 年，完成 9 万个屋顶，每个屋顶 3kW，总装机 27 万 kW，年发电量 2.97 亿 kWh。考虑到科技进步与形成产业规模等成本下降因素，平均按每个屋顶 9 万元计算需投资 81 亿元。一、二期合计 10 万个太阳能屋顶，总投资近百亿元。

三、10 万个太阳能屋顶投资百亿

首先，在上海电网内实行分摊制。2005 年，上海预计全市用电量将达 874 亿 kWh，如每千瓦时加收 0.01 元，全年可多收电费 8.74 亿元，与上海绿电机制中用于太阳能发电的资金合成"上海阳光基金"，补贴 10 万个太阳能屋顶计划，不仅可以基本平衡预算，还可支持太阳能光伏科研和产业的发展。

其次，调动太阳能屋顶供应商的积极性。建议将太阳能屋顶的投资设计为 5 万元/kW，其中包含与目前社会规模化产业大体相当的 3％平均利润，以调动生产企业、供应商的积极性。

第三，调动太阳能屋顶投资者的积极性。上海太阳能屋顶的投资设计中，考虑了投资者（用户及所有者）的利益，体现在制定的太阳能发电的差额电价上。目前，上海民用电价是 0.61 元/kWh，太阳能发电电网收购价是 3.92 元/kWh，按电网全年收购每个屋顶 3300kWh，

收入近 1.3 万元，投资者每年可以得到 6% 的投资收益。这样，太阳能屋顶发电的居民既承担了社会责任，又有稳定的回报，还可以避免未来因常规能源短缺引升电价带来额外支出的风险。

第四，太阳能发电成本并非高不可攀。一套寿命约为 30～50 年的太阳能屋顶，运行期间基本无需维护，使用成本接近于零，如此平摊下来，太阳能发电成本不再高不可攀。何况，据专家预测，到 2010～2015 年，世界太阳能发电的成本可降到 6 美分/kWh，相当于人民币 0.5 元/kWh 以下，与火力发电成本大体持平。

四、支持 10 万个太阳能屋顶计划的重要措施

（1）政府部门的推动和政策支持。10 万个太阳能屋顶计划在尚不具备市场化条件下，需要政府的强力推动，建立协调推进机构，负责组织项目具体实施，研究制定至关重要的支持政策，解决与之相关的资金、技术、法律和安全等问题；组织有一定规模的示范项目，及时改进可能出现的问题。

（2）太阳能屋顶主要原料硅片的国产化。目前，发展太阳能屋顶计划所需的晶体硅片材料严重紧缺，需要大量进口。建议政府高度重视，积极组织力量攻关，解决太阳能发电系统晶体硅片原材料国产化问题，为大幅度降低太阳能屋顶建设投资成本和发电成本、为更大规模发展和应用太阳能发电价创造条件。

（选自国家发展和改革委员会网）

【思考讨论】

这是一篇什么形式的计划？它的一般写作格式是怎样的？本篇例文在写作上有什么样的特点？

【简析提示】

条文式计划的写法包括标题、正文和结尾三部分。标题一般由单位名称、时限、内容和文种四部分组成。正文包括前言与主体两部分，前言主要是概述基本情况或援引指导思想，主体则要求写明计划的"三要素"。结尾部分一般写计划的检查、落实等有关内容并写明日期。

本例是一篇发展 10 万个太阳能屋顶的计划。开篇以简洁的文字说明了制定计划的背景、目的和意义。主体部分从具体目标、分期建设、资金筹措到重要措施这四个方面一一道来，重点突出，针对性强，对实际工作有很强的指导作用。

【文案示例 2】

某供电局五月份设备停电综合检修计划

序号	变电所	设备名称	检修内容	停役时间	计划时间	停电范围	检修单位
1	高虹变	1号主变	主变增容	1	待定	1号主变	检修所
2	横畈变	1号、2号主变	设备油漆	1	待定	1号、2号主变	运管所
3	於潜变	於潜1126线	保护改定值	1	5月8日	於潜1126线	检修所
4	於潜变	青於1123线	保护改定值	1	5月9日	青於1123线	检修所

续表

序号	变电所	设备名称	检 修 内 容	停役时间	计划时间	停电范围	检修单位
5	临安变	青临 1127 线	保护改定值，线路标修	1	5 月 10 日	青临 1127 线	检修所
6	临安变	杭青 1184 线	保护改定值，设备油漆	1	5 月 10 日	杭青 1189 线	检修所运管所
7	青山变	杭青 1184 线	设备油漆	1	5 月 10 日	杭青 1189 线	检修所
8	於潜变	昌於 1124 线	保护改定值	1	5 月 11 日	昌於 1124 线	检修所
9	临安变	杭临 1185 线	保护改定值，设备油漆	1	5 月 11 日	杭临 1185 线	检修所
10	青山变	杭临 1185 线	设备油漆	1	5 月 11 日	杭临 1185 线	检修所
11	青云变	畈龙 3780 线	畈龙 3780 线标准检修，配合无人值班改造	1	5 月 13 日	畈龙 3780 线	检修所
12	青云变	青云 3672 线	青云 3672 线标准检修，配合无人值班改造	1	5 月 14 日	青云 3672 线	检修所
13	青云变	青畈 3785 线	青畈 3785 线标准检修，配合无人值班改造	1	5 月 15 日	青畈 3785 线	检修所
14	青云变	锦江 3783 线	锦江 3783 线间隔设备预试、线路标准检修，配合无人值班改造		5 月 17 日	锦江 3783 线	检修所
15	青云变	1 号所用变	1 号所用变预试	1	5 月中旬	1 号所用变	检修所
16	青云变	2 号所用变	2 号所用变预试	1	5 月中旬	2 号所用变	检修所
17	青云变	直流系统	直流系统改造	不停电	5 月下旬	直流系统	检修所
18	临安变	临亚 3789 线	临亚 3789 线一、二次设备预试	1	5 月下旬	临亚 3789 线	检修所

（方为平　提供）

【思考讨论】

本篇计划与前篇有何不同？在写作上有什么特点？这种格式有什么好处？

【简析提示】

计划有条文式、表格式与条文表格兼用式。本例为一则某供电局五月份设备停电综合检修的表格式计划，就是用表格的方式来表现计划内容，适用于时间较短、内容较单一的具体计划。该计划内容从"序号"、"变电所"、"设备名称"、"检修内容"、"停役时间"、"计划时间"、"停电范围"、"检修单位"等方面，依项设目，简明扼要，清晰明白地安排了该供电局五月份相关部门设备停电综合检修的任务。可见，表格式计划往往有相对固定的栏目，而文字说明部分与条文式计划内容相仿，其语言表述要求更加简洁明了，让人一目了然。

【文案示例3】

某公司 2006 年安全月活动策划书

批准：   编号：   号

工作名称	2006 年安全生产月活动组织程序
策划部门	安全监督与生产部

策划人员	××× ×××	策划日期	2006 年 4 月 18 日
审 核 人	×××	审核日期	

背景介绍	中共中央宣传部、国家安全生产监督管理总局、国家广播电影电视总局、中华全国总工会、共青团中央联合发出通知，决定 2006 继续开展"全国安全生产月"活动，活动主题是"安全发展，国泰民安"
工作目标	按照分公司的通知要求，结合本企业的实际，广泛宣传，丰富活动内容，提高员工安全意识，确保活动取得实效
主要内容	加强宣传工作，用舆论导向激发员工的参与热情，营造良好的安全氛围 组织安全规程考试和反事故演习，促进员工安全意识，提高员工安全操作水平和反事故能力

具体工作流程	负责人
成果与验收	负责人
总结与反馈	负责人

工作流程

本次活动分三个阶段

第一阶段 准备工作	时间：2006 年 5 月 29 日～2006 年 6 月 1 日
工作方式	策划，拟定实施细则，下发通知
工作程序	1. 成立以公司总经理为组长的"安全生产月"领导小组，下设工作小组挂靠安生部 2. 以电子邮件形式通过公司局域网将 2006 安全生产月活动通知发到各部门 3. 制作和购买宣传用品
第二阶段 （实施）	时间：6 月 1 日～6 月 30 日
工作方式	各部门按要求进行。
工作程序	1. 在公司大门口悬挂"安全生产月"宣传标语，在主要大马路的上方和两边悬挂"安全生产月"活动的安全旗，在宣传栏内张贴"安全生产月"宣传画。由安生部会同党群工作部实施。时间：6 月 1、2 日完成 2. 各生产车间张贴安全生产标语，安生部会同党群工作部提供宣传品，由各车间自行实施。时间：6 月 2、3 日完成 3. 在社区开展为期一天的安全宣传咨询活动，由安生部会同党群工作部组织，时间：第二周的星期日 4. 在全公司范围内开展一次以"安全发展，国泰民安"为主题的安全征文活动。时间：一个月 5. 利用广播报道有关安全方面的稿件。大张旗鼓地宣传"安全发展，国泰民安"活动主题，由党群工作部负责组织稿件，时间：一个月 6. 组织一次机、炉、电、化、燃专业《电力安全工作规程》的考试，由安生部组织各车间安全员出题，安生部会同人劳组组织考试与阅卷。时间：第二周完成 7. 组织一次机、炉、电的联合的反事故演习，由安生部策划，时间：第三周完成
第三阶段 （总结评比）	时间：2006 年 7 月 1、2、3 日
工作方式	总结、评比
工作程序	1. 对安全征文活动的稿件进行评比，评出一、二、三等奖，发放奖品 2. 对反事故演习获奖部门和个人进行颁奖 3. 对本次"安全生产月"活动进行总结 4. 将评比结果报公司领导小组

（选自安全文化网）

【思考讨论】

策划书与计划有什么异同？主要包括哪些内容？本篇例文在写作上有什么样的特点？

【简析提示】

项目策划书也是计划的一种，基本内容与计划相仿，需要明确项目策划的主题、目的意义及具体活动项目的内容目标、时间安排、方法步骤。策划有企业战略策划、社会文化策划、政治军事策划、节日庆典策划、营销策划及各种活动策划等。策划书的优劣对于项目的成败起着极为重要的作用。

本例活动项目策划书，采用表格的形式分两部分进行，前表主要说明活动的主题、背景、目标、内容作概括性的说明与介绍，后表则把工作活动流程加以细化，阶段说明活动时间、内容、方式与程序，整个策划书简明扼要。

策划与一般性的事务性计划相比，更强调安排的策略性、创意性及可操作性，看重有真正的"big idea"，需要做到核心创意、内容表现到位及各项目活动安排可操作。

【单项实训】

1. 修改以下计划的标题。

（1）××县国民经济和社会发展五年计划。

（2）1999～2000 年工农业余教育事业规划草案。

（3）××大学 2000 年招生工作规划。

（4）××公司关于第一季度销售计划。

2. 修改下列计划中的句子。

（1）前阶段，由于我们重视了抓生产，因而忽视了抓安全。

（2）三中全会以来，我们厂增产幅度大，上缴利润之多，是绝无仅有的。

（3）据不完全的判断，我公司有 1/3 的年轻人是具有主人翁精神的。

（4）今年要千方百计做好增收节支工作，使我乡的经济状况有显著好转。

（5）经济核算搞得好不好，对办好企业具有十分重要的意义。

3. 制订一份条文式计划，内容自定。

提示参考：内容可为本学期学习计划、勤工俭学计划、校园社团活动计划等。

4. 为本学期应用文写作学习订一份表格式计划，要求前言、正文、落款格式俱全。

5. 为自己的未来人生订一份生涯规划书。

6. 为学校或班级活动如运动会、技能节、艺术节、主题班会、班级春游或秋游等活动写一份活动策划书。

第二节　总　　结

【写法指导】

总结是人们对前一段活动的系统回顾，即对前一段的实践活动进行分析研究，找出经验教训，得出规律性认识，以明确今后实践方向的一种事务性文书。

总结没有固定的格式，一般包括标题、正文和落款三部分。

一、标题

1. 文件式标题

一般由单位名称、时限、内容、文种名称构成。

2. 文章式标题

以单行标题概括主要内容或基本观点，不出现总结字样，但对总结内容有提示作用。

3. 双行式标题

即分别以文章式标题和文件式标题为正副标题，正标题揭示观点或概括内容，副标题点明单位、时限、性质和总结种类。

二、正文

1. 前言

一般介绍工作背景、基本概况等，也可交待总结主旨并作出基本评价。开头力求简洁，开宗明义。

2. 主体

应包括主要工作内容、成绩及评价、经验和体会、问题或教训等。这些内容是总结的核心部分，可按纵式或横式结构形式撰写。所谓纵式结构，即按主体内容从所做的工作、方法、成绩、经验、教训等逐层展开。所谓横式结构，即按材料的逻辑关系将其分成若干部分，标序加题，逐一写来。

3. 结尾

作为总结的结束语可以归纳呼应主题、指出努力方向、提出改进意见或表示决心信心等语作结，要求简短利索。

三、落款

一般在正文右下方署名署时。如是报刊杂志或简报刊用的交流经验的专题总结，应在标题下方居中署名。

【文案示例】

2006 年上半年线损工作总结

线损管理是供电企业的一项重要管理，也是公司降损增效的根本途径。2006 年上半年我公司在线损管理方面紧紧围绕国网公司关于开展"线损管理年"活动的要求，从建立健全我公司线损管理的三大体系即管理体系、技术体系、保证体系出发，根据《县供电企业电能损耗规范化管理标准》，不断加大线损管理力度，深挖内部潜力，在上级领导的关心和广大职工的支持下，取得了一定的成绩，但离上级的目标仍有一些差距，需在今后的工作中继续努力。现将上半年线损工作总结如下：

一、线损指标完成情况

2006 年上半年公司总购入电量 11254.5 万 kWh，完成售电量为 10066.5 万 kWh，累计完成综合线损率为 10.14%，综合线损率比第一季度下降 0.96 个百分点，与 2005 年同期相比增加 0.31%。因 2006 年 1 月起公司大客户抄表提前半个月，实际上完成线损是 9.81%，比 2005 年同期下降 0.02%，但下降幅度不大，主要是由 2006 年小水电上网增长较快（同比增加 248 万 kWh）、大客户用电量相比 2005 年减少（约 540 万 kWh）等原因造成，离上级下达的目标计划 9.76％相差 0.05 个百分点，从数字上反映下半年的降损工作还有相当的压力。

二、线损管理年活动的开展

2006 年是国网公司确定的"线损管理活动年"，公司在接到该活动的有关要求后，迅速行动起来组织人员赴省公司培训，并成立线损管理领导小组。一方面拟定了线损管理组织机构网络图，确定公司各部门在线损管理中的职责和有关线损管理制度，为该活动的有力开展提供组织保证。另一方面为了顺利推动这项活动开展，已在营销专职层面召开开展"线损管理年"活动的动员会议，将《县级供电公司电能损耗规范化管理验收标准》进行责任分解后以文件形式下发到公司各部门、各有关单位，并针对供电所制定了"线损管理年"活动的考评细则；在本公司内部论坛开设了线损管理年专栏，力争营造浓厚的线损管理氛围；确定了城北、西牛、铁石口等三个供电所作为公司线损管理示范所，以示范供电所来推动其他供电所线损管理工作。

三、管理降损方面的工作

（1）首先是强化了正时抄表工作，提高线损数据的真实性和可分析性。已要求各供电所上报固定抄表时间和固定的抄表路径，并在 6 月份抄表期间组织力量对全部供电所进行了抄表工作质量的抽查，在今后的工作中还将不定期地进行抽查。

（2）对公用变压器（简称公变）低压三相负荷平衡工作进行了布置和安排。要求绘制了台区负荷分布图并进行测试与调整，大部分供电所均已进行了实施，计划在九月份重新对工作情况进行检查。

（3）开展了全面的营业普查工作，杜绝用电抄核收工作中的跑冒滴漏。此项工作已在 5 月份布置，七月份已进行工作过程中检查落实，这项工作还在继续进行，本月将对此项工作做全面检查。

（4）加强计量管理。正在按计划对各供电所公专变计量箱进行周校，并已对部分供电动力用户及圩镇用户表计进行了拆校。

四、技术降损方面的工作

（1）对部分无功不足 10kV 线路增设了电容补偿。

（2）对城区部分供电量大的公变实施了，配变随器无功补偿，将在本月底进行一次降损效果的分析。

（3）结合迎峰度夏对我公司配电网供电结构进行了部分调整，在消除供电负荷瓶颈和降损都起了一定的作用。

（4）调度自动化方面正在健全对公司全网的监控。

五、存在的不足

（1）在线损管理体制方面，观念尚跟不上县级供电公司电能损耗规范化管理的模式，考核与激励体制不够完善，线损指标的下达科学性不高，如大多数供电所 10kV 线损指标能完成以奖为主，而 1～7 月份 400V 线损指标只有少数供电所能完成。

（2）部分供电所在实施公司下达的降损措施时，存在执行力不够的问题。大多供电所对台区负责人的考核仅停留在对线损指标的考核，缺少对降损工作过程的考核，部分供电所对线损管理中的基础性工作尚未做好，如客户资料现场情况与微机档案仍不相符、被淘汰的电能表仍未全部更换、表计未完全加封等情况。在下一步中，如何强化管理的执行力显得尤其重要。

（3）公司网架较为薄弱，35kV 网络 50mm² 导线占现 35kV 线路总长的 67.3%，小水电上网电量大的安西变 912 虎山线，线径过细（主干线为 35mm²）一直是困扰公司的一个瓶颈。一方面该线路损耗巨大；另一方面，安西小水电上网时电压严重超标，客户投诉较多。另外，受网架结构影响，在降损与购电均价方面存在一定的矛盾，如桃大线上网期间，为了充分消化水电上网电量，供电迂回较大，以及铁石口与大塘变 10kV 联网等。

（4）无功管理与经济运行方面，较多变电所尚未采取无功电容无功集中补偿，35kV 线路、10kV 线路功率因数不能分别全部达到 0.95 及 0.9 以上的要求；小水电上网无功监控不力，没有很好地按不同的季节不同区域分别确定小水电上网功率因数标准、客户无功管理等工作。目前我公司只进行了对 100kVA 及以上专变用户进行考核，在 4kW 以上动力用户无功随器补偿方面的工作尚未很好开展。

六、下一步的线损管理工作打算

（1）继续抓好"线损管理年"活动的开展，通过线损管理示范供电所，进一步推动该活动的开展。

（2）对年初线损指标进行适当调整，完善激励和考核机制。

（3）做好公司全网的无功管理工作，特别是要抓好客户无功管理以及小水电无功的管理；对低压动力用户应逐步推广或鼓励采取随器补偿措施。

（4）抓好反窃电工作，布置一次全面的用电检查活动，打击各种违章窃电行为，重点检查临时用电用户情况；抓好自用电管理，对各生产单位生产用电定额重新确定，并检查各生产单位自用电表主情况，对职工用电再进行一次全面清查。

（5）在计量方面，要完善 35kV 网络各节点的计量，精确每条 35kV 线路的线变损统计分析，继续抓好计量表计的管理工作，全面更换淘汰表计，完成对各供电所公专变计量箱的周校，对大供电量公变表计及动力表计进行拆校和轮换。

（6）重视技改降损措施，根据公司现有资金，对供电卡脖子情况以及影响线损大的情况进一步进行适当的整改，对投入较小见效大的项目应尽快优先安排。

（7）根据《县级供电企业电能损耗规范化管理标准验收标准》及《供电所"线损管理年"活动开展考评细则》，在 9 月下旬至 10 月上旬对有关单位及供电所线损管理工作进行检查考评。

（选自中华电力网）

【思考讨论】

这是一篇什么类型的总结？有什么特点？本篇例文在写作上有什么特色？

【简析提示】

从性质、时间、形式等角度可划分出不同类型的总结，从内容上分主要有综合总结和专题总结两种。专题总结是对某项工作或某方面问题进行专项的总结，尤以总结推广成功经验为多见。

本例是一篇专题总结，专门总结了 2006 年上半年该公司在线损管理方面的基本情况、活动与管理工作、存在的不足及对今后管理工作的打算。其中，该公司根据国网公司关于开展"线损管理年"活动的要求，从建立健全本公司线损管理的三大体系即管理体系、技术体系、保证体系出发，总结经验，对比目标，找出差距，做出对今后管理工作的打算。该总结是依照纵式结构方式来写的，即按主体内容纵向所做的工作、方法、成绩、经验、教训等逐层展开，这种写法，条理清楚，简单易写。

【单项实训】

1. 制订一份条文式总结，内容自定。

提示：内容可为本学期学习总结、勤工俭学总结、校园社团活动总结等。

2. 为本学期应用文写作学习订一份总结，要求前言、正文、落款格式俱全。

3. 为自己以往的学习写一份学习经验总结。

4. 为学校或班级活动如运动会、技能节、艺术节、主题班会、班级春游或秋游等活动写一份活动总结。

5. 请在总结的空格中填上恰当的数字。

(1) 某公司七月份利润由 1 万元增加到 1.5 万元，增加＿＿＿＿＿％。

(2) ×商品由 40 元降为 10 元，降低了＿＿＿＿＿％。

(3) 原计划生产 1 万件产品，超额 5％，实际生产了＿＿＿＿＿件产品。

6. 修改下列总结中的句子。

(1) 我们必须从收入和支出两个方面去研究问题。

(2) 员工超产 20％以上的给一等奖，超产 20％以下的给二等奖。

(3) 今年元旦以前河北区约能修筑公路 10 公里左右。

第三节　调查报告

【写法指导】

调查报告是针对某一现象、某一事件或某一问题进行深入细致的调查，对获得的材料进行认真分析研究，发现本质特征和基本规律之后写成的书面报告。主要有经验调查、情况调查及问题调查等。

调查报告由标题、前言、主体、结尾四个部分组成。

一、标题

1. 单标题

(1) 公文化写法。主要由单位名称、事由及文种三部分组成。如《东北电力改革试点调查》、《关于湖南省怀化市水电开发情况的调查报告》。

(2) 文章化写法。写法因文而异、灵活多样。可以用问题作标题，如《儿童究竟需要什么读物?》；可以显示作者自己的观点，如《莘莘打工者，维权何其难》；可以直接叙述事实，如《三个孩子去蛇岛》；可以用形象画面暗示文章内容，如《"航空母舰"逐浪经济海洋》。

2. 双标题

由正副标题组成，一般是正题揭示主题，副题写出调查的事件或范围等，如《行动源于责任——河南省农业排灌用电调查》。

二、前言

前言扼要说明了调查的目的、时间、地点、对象、范围、调查方式方法及基本情况等。前言主要用来说明调查基本事实，介绍基本情况，提出问题。其写法灵活多样，如提要式、交代式、问题式等。提要式就是把调查对象的历史背景、大致发展经过、现实状况、主要成绩、突出问题等基本情况进行概括介绍，进而扼要地提出调查的中心或主要观点；交代式是在开篇简单地交代调查的目的、方法、时间、范围、背景等，使读者对调查的过程和基本情况有所了解；问题式是在文章开头用提问的方式来引起读者对调查课题的关注，促使读者思考。

前言起到画龙点睛的作用，要精练概括，直切主题。

三、主体

主体是调查报告最主要的部分，详述调查研究的基本情况、做法、经验，从调查材料的分析中得出各种具体的认识、观点和基本结论。在写法上应主要抓结构的安排，其主要结构形态有三种：

1. 用观点串联材料

由几个从不同方面表现基本观点的层次组成主体，以基本观点为中心线索将它们贯穿在一起。如《我国输变电工程发展现状与趋势调查》用三个小标题来贯穿全文："我国电网发展滞后矛盾基本得到缓解"、"推动新技术应用是我国电网建设的必然趋势"、"电力工程设备制造应关注六大新技术产品"，使调查主题突出、观点明确、态度鲜明。

2. 以材料的性质归类分层

课题比较单一，材料比较分散的调查报告，可采用这种结构形式。作者经分析、归纳之后，根据材料的不同性质，将它们梳理成几种类型，每一个类型的材料集中在一起进行表达，形成一个层次。每个层次之前可以加小标题或序号，也可以不加。如《关于发展灯光夜市的调查与思考》分别从现状、成因、利弊分析、管理建议这几个方面着眼，写了三个大的层次，并在各大层次下设若干小层次，内容充实而条理清楚。

3. 以调查过程的不同阶段自然形成层次

事件单一、过程性强的调查报告，可采用这种结构形式。它实际上是以时间为线索来谋篇布局的，类似于记叙文的时间顺序写法。

四、结尾

调查报告结尾的写法也比较多。可以提出解决问题的方法、对策或下一步改进工作的建议；或总结全文的主要观点，进一步深化主题；或提出问题，引发人们的进一步思考；或展望前景，发出鼓舞和号召。

【文案示例】

三峡影响调查：　一条河流对电力格局的颠覆

它向半个中国输送电力；它相当于在中国增加6条铁道的运力；它使一批城镇、景区葬身江底；它改变着千百万人的生活形态和经济形态。

三峡工程10年，改变中国5000年历史。

高峡上将出现平湖——人们肉眼可见的改变，向世人证明它当之无愧为人类有史以来的最大水利枢纽工程。

还有意义更为深远的改变——三峡工程具备的预防100年一遇洪灾的功能，可以保障中国千百万人的生命财产安全；它向半个中国输送电力，可以保障中国经济增长对能源的需求；它提高长江的通航能力，相当于在中国增加了6条铁道。

2003年6月1日上午9点，三峡工程下闸蓄水——三峡工程的10年建设，以及期间投入的910亿元资金，开始逐渐进入收获期。

一、防洪

从汉代至今的2000年间，长江共发生洪灾219次，大约每10年一次。

"淹毙者三分之二，不死于水者，悉死于饥，竟见有剖人而食者……"——1935年洪水水淹荆州，文献如此记录当时情形。

据悉，三峡工程建成后，三峡大坝可以直接控制荆江河段90％以上的洪水，使长江中下游12.5万km² 平原地区的人民免除洪水威胁。

二、发电

三峡工程的第二大功能是发电——据悉首批机组将在两个月后开始发电。它将改变整个中国的电力供应格局。

三峡水电厂发电之后，可向半个中国地区供电，将在一定程度上改变半个中国电力供应紧张的局面。

据悉，三峡水电厂总装机容量为1820万kW，年平均发电量847亿kWh，相当于10个大亚湾核电厂发电量的总和。它将为经济发达、但能源不足的华东、华中和华南地区提供电能。

三、提高航力

三峡工程将大大提高长江的通航能力。据悉，三峡水库将显著改善宜昌至重庆的660km的长江航道，万吨级船队可直达重庆港。航道单向年通过能力可由1000万t提高到5000万t，运输成本可降低35％～37％。

整体上三峡工程大大有利于中国经济，但也有遗憾存在——它使长江无法保持其原有的一江奔腾的自然态势，并将淹没沿江大量景点。不过三峡工程也给予人类新的安慰——它为人类平添"高峡出平湖"的壮丽景观，并赋予三峡旅游新的内涵。

这就是三峡工程，改变长江5000年固有形态，并为中国经济增长增添动力。

（文/周春明）

电力：一条河流对电力格局的颠覆

"三峡将改变中国电力格局。"联合证券电力行业研究员吴载德说。

三峡电力向华中电网、华东电网以及南方电网输送电力——无疑打破了电力行业过去区域壁垒的格局——这也是现阶段电力体制改革的重要任务，并在一定程度上缓解覆盖范围内9省市的电力供应紧张局面；三峡电力以0.25元/kWh的较低价上网——将对中国40多家电力板块上市公司形成潜在的冲击。

"短期有冲击，长期是利好。"吴载德说。

一、缓解电力紧缺局面

人们对三峡电力的一个最大期望是，它能够促进电力市场局部的供求平衡。

目前的状况电力市场状况是：16个省市电力紧缺，电网经常拉闸限电。

根据吴载德对电力行业的跟踪观察，电力紧缺较为严重的省市主要集中中国经济发达的地区，如江苏、浙江、上海、广东等省市。

"以广东省为例，仅在今年第一季度，广东全社会用电量就激增 18%。"吴载德称。据称，在电网负荷方面，广东省电网的统调最高负荷达到了 1995.7 万 kW，不仅比去年同期净增 382 万 kW，也接近去年全年的最高负荷水平。

据悉，到目前为止，广东省已被迫实施错峰用电的地区有深圳、珠海、江门、中山、汕头、汕尾、揭阳、潮州等 8 个市，另外东莞、佛山等市的供电也呈紧张状态。

另据统计，南方电网中的广西电网，第一季度的最大负荷也达到了 438.8 万 kW，创下了广西电网历史最高纪录。根据有关部门的统计，南方电网全年缺电将达 400 万 kW。

实际上，缺电现象并非仅仅出现于经济发达地区，一些经济欠发达地区，也不同程度地出现缺电情况。

记者从湖北省电力公司获悉，湖北省今夏高峰负荷预计将突破 1000 万 kW，而全年缺口估计在 300 万 kW 左右；另外，在今年第一季度，西部地区的陕西、四川、重庆等省份也出现了拉闸限电的情况。

中国电力企业联合会日前发布的《2003 年电力供需形势预测报告》，预计我国电力需求增长速度将在 9%～10% 之间，仍将会高于 GDP 的增长率。

"中国电力供应形势十分严峻，"吴载德说，"如果形势无法缓解，将极大地影响中国经济发展。"

据中国长江三峡开发总公司总工程师张超然向记者透露，按计划，今年三峡水电厂将发电 55 亿 kWh，其中 28.8 亿 kWh 送往华中电网，26.2 亿 kWh 送往华东电网。华中和华东的具体分配比例是：华中，湖北 35%、河南 25%、湖南 22%、江西 18%；华东，上海 40%、江苏 28%、浙江 23%、安徽 9%。

据悉，由于今年三峡水电厂发电量有限，其电力暂不供应电力较为紧张的广东市场。到明年，三峡电力供应将新增广东市场，届时三峡水电厂将以装机容量达 300 万 kW 的机组为广东供电。

二、改变电力工业结构

吴载德称，三峡工程对中国电力的另一影响是改变中国的电力工业结构——中国电力工业的现有结构是，严重污染环境的火电占主导地位，而水电开发及核电开发则严重不足。尽管中国的水力资源位居世界第一，而开发程度却只有百分之十几。

业内人士指出，造成近期电力供应紧张的原因之中，就包括电力工业结构失衡的因素。由于目前中国电力太依赖于火电，而火电开发又依赖于煤炭行业，因此一旦煤炭涨价，火电企业的发电积极性将遭受重挫。

很明显，如果水电开发占中国电力结构的主导地位的话，电力供应的稳定性将大大增强。

有专家指出，从环境保护以及稳定供应电力两方面考虑，中国必须解决电力工业结构失调的弊端。

张超然透露，到 2009 年三峡工程全部竣工，装机总容量达 1820kW，并全部投入运营，年发电量可达 847 亿 kWh——照此计算，三峡工程竣工将使水电开发占电力的比例提高 2.4 个百分点，由目前的 23.95% 提高至 26.35%。

三、促进电力体制改革

有一个非常重要的信号，从三峡电力向外输送格局传递出来——身处湖北宜昌的中国长江三峡电力开发总公司，其电力几乎能够向半个中国的 9 省市输送，这意味着中国电力行业过去的区域壁垒"坚冰"已经开始逐渐消融。

据悉，区域壁垒是中国电力市场长期以来最为严重的问题。市场壁垒使电力行业无法形成统一市场，企业间出现严重的不公平竞争，阻碍了资源使用效率的提高和区域间电力资源的优化配置。

"从某种意义上分析，三峡工程的建设促进了中国电力行业的体制改革。"吴载德称。

据悉，三峡公司在一段时期曾为电力销售发愁。为此，原国家计委先后组织受电省市开了两次电力电量平衡会、4次电价会，国务院有关领导也多次批示：各地要为三峡工程腾出市场空间。

正是由于国家对三峡工程的高度关注，才使华中、华东以及华南地区的区域市场壁垒被打破，这无疑有利于为正在进行的电力体制改革树立样板。

四、电力上市公司冲击有限

构成冲击的地方在于两个方面：其一，三峡水电厂的发电能力十分强大，竣工之后的装机容量是 1820 万 kW，年发电量可达 847 亿 kWh；其二，三峡水电厂的上网定价较为低廉，目前的定价是 0.25 元/kWh。

有业内人士称，最大的冲击显然在价格上。据悉，0.25 元/kWh 的价格比全国的平均价格还低。目前全国各地的电力上网价格不一，华中地区平均电价为 0.30 元/kWh；华东平均为 0.35 元/kWh，其中上海为 0.38 元/kWh；而全国的平均上网电价是 0.29 元/kWh。

华南一电力上市公司负责人对三峡电力如此低的价格表示质疑。该负责人对记者表示：三峡工程总投资近 2000 亿元，负债沉重，财务负担也相当大，难以理解其为何定出如此低的上网价格。

"价格是根据市场定出的。"负责营销三峡电力的长江电力股份有限公司副总经理张定明解释说。

据介绍，三峡电力定价原则是：按照受电省市电厂同期平均上网电价水平确定落地电价，并随受电省市平均电价水平的变化而浮动。

根据国务院正式批准的三峡水电厂电力输送方案，三峡水电厂供电区域为湖北、河南、湖南、江西、上海、江苏、浙江、安徽、广东等 8 省 1 市。据悉 8 省 1 市的平均上网电价为 0.32 元/kWh，减去大约 0.07 元/kWh 的过网费，正好是 0.25 元。

三峡工程开发总公司副总经理李永安说："随着电力体制改革的深入，三峡电力市场竞争力将逐步增强。"

尽管如此，一些电力上市公司负责人在接受记者采访时都表示，在短期内将不会受到三峡电力的冲击。

据称，在三峡电力输送的区域——华中、华东以及广东市场，发电装机总容量达 1.5 亿 kW，发电量 7000 亿 kWh，几乎占据中国电力半壁江山。而三峡电力今年的发电量仅为 55 亿 kWh，分摊到华中、华东 8 省市，对电力公司的影响微不足道，而对于西部、北部省份的电力上市公司，如明星电力、乐山电力、内蒙华电、漳泽电力等，影响则更小。

（文/周春明）

航运：千家水运商帮在长江的幸福生活

三峡蓄水 135m，三峡大坝以上将形成 400 多 km 长的河道型水库，航道宽度也将增加 2

倍，不少航段江面宽度甚至增至 3000m。与此同时，大部分急流、险滩、浅滩都将消失。

一、缩短航距 50km 成本降低 35％

据泸州市航运部门透露，由于长江三峡段航道多处增宽，船只航行可取直线，因此缩短了航行距离约 50km。同时因水流变缓，急弯减少，上水航速可从目前的 65km/h 提升，行船成本可节约 10％以上。专家估计，当水位达到 175m 后，万吨级船队可直接抵达重庆港，而且运输成本可降低 35％左右。届时长江将变成真正的黄金水道。

巫山县原旅游局局长龚源鼎介绍，蓄水后，小三峡内以前碍航的险滩急流全部消失，更大一些的客船也可以自由和安全地进出峡谷，这为小三峡旅游事业的发展创造了条件；同时，大宁河的 6 条支流水位将被抬高，一些小船也可以随便进出，可以开发更多的峡谷景点。同时水流变缓也为轮船的提速奠定了基础。

奉节白帝城、天坑地缝闻名遐迩。蓄水后，两大著名旅游景点将"珠联璧合"，从白帝城行船将直抵天坑地缝。据奉节旅游局张昌龙副局长介绍，水位升高后，游人可以通过水路，途经瞿塘峡、大溪镇进入天坑地缝。

"为了打好蓄水后的旅游牌，巫山旅游还将提速。"吴介绍，目前已有两艘豪华游轮运抵巫山，总计首批将陆续投放 30 多艘，投资达 3000 多万元。

二、航运类上市公司受益

主要经营三峡流域运输的上市公司重庆长江水运股份有限公司董秘饶正力在接受记者采访时称，2002 年度公司主营业务利润之所以能够实现同比增长 118.99％，主要原因是因为公司 2002 年三峡游人气较旺。尽管三峡工程在今年 1～6 月阶段性截流、蓄水，对公司 2003 年 1～6 月的运输收益有一定的影响。但在三峡大坝建成后，将对公司产生极大的影响。

由于三峡大坝具有的蓄水功能，可对长江中下游水流量进行调节，从而使长江中下游水位保持稳定，对于长江中下游运输来说同样意义重大。据悉，当水位达到 175m 后，万吨货轮全年可从南京直达重庆。而且由于三峡地区的水位抬高后，河道变阔变直，水流减缓，上行的船速将加快，由此降低运输成本。

南京水运实业股份有限公司董秘曾善柱表示，由于目前长江已开始进入丰水期，因此近期三峡蓄水对中下游航运的影响较小。但他同时称，三峡蓄水前，上行的船为了绕开急流而不得不忽左忽右穿行，现在已经改为靠右行驶，降低了航运的成本。

南京长江油运公司航运处王先生在接受记者采访时称，对于三峡蓄水后将大幅度降低公司的航运成本表示肯定，至于具体能降低多少，他认为目前难以下结论，需要观察一段时间。

有消息透露，目前长江流域中下流航运企业约在 1000 家左右，"竞争情况十分激烈。"

（文/何磊）

旅游：消逝的和新生的 250 亿元

自从三峡大坝开始建设以来，到三峡地区旅游观光的国内外游客持续大幅度增加，到重庆和湖北观光的游客有 50％左右必到三峡。

2002 年宜昌全年共接待国内外游客 804 万人次，实现旅游收入 50.63 亿元。重庆在 2002 年共实现旅游收入 219.62 亿元，比 2001 年增长 23.7％。旅游业收入占重庆、宜昌的国内生产总值（GDP）的 11％ 以上，旅游业成为当地重要的支柱产业之一。近三年宜昌接待海外游客保持 80％ 的高速增长，重庆也保持了 50％ 的增长。其中，重庆在 2002 年共接待海外游客超过 46 万人次，实现外汇收入 2.18 亿美元。宜昌接待海外游客 42 万人次，同比增长 79.3％，实现外汇收入 8394 万美元，同比增长 74.9％，在全国地级重点旅游城市中排名第 7 位。

一、消逝的古城与新景的诞生

水位的上升，将淹没一些原有景观。如小三峡由于部分景点被淹没，"小三峡"这一全国著名的 4A 级景点瞬间生变：4228 个古栈道孔及琵琶洲、仙蕉林等上 10 个旅游景点正慢慢地湮没水下，昔日咆哮翻滚、落差高达 8m 的"银窝滩"，已威风不再；古栈道遗址水临"孔"下、"琵琶洲"景点四面水波、"水帘洞"进了水、绵羊崖没了崖……就连历史名城白帝城将变成一座孤岛，观音洞、西阁、摩崖石刻将沉于江底。

不过，由于水位抬高，催生了不少新的景点，新的峡谷、瀑布、湖泊、岛屿、溶洞等缓缓浮出水面。

巫山在小三峡、小小三峡"险"字招牌被削弱的同时，小三峡则会出现一些平静的湖泊景观，巫山旅游局副局长吴光德在接受采访时透露，巫山已经在马渡河小小三峡上游支流当阳河中，探出了一个"小小小三峡"。据悉，"小小小三峡"全长 30 多 km，沿岸风景绮丽，山清水秀，相当适合漂流。

而对于缺乏旅游资源的开县来说，"千岛湖"绝景因三峡蓄水而生。据开县县委官员介绍，三峡蓄水后，开县将形成一个面积为 58km² 的水域，无数的山丘将形成一个个独立的岛屿——千岛湖，开县将建一个滚水坝，将使枯水期和洪水期水位保持一致。届时，一座滨湖城市将横空出世。

"亚洲第一瀑"成了万州旅游的"王牌"。万州旅游局官员说，去年 5 月，随着水位的抬升，有着"亚洲第一瀑"美誉的青龙瀑布呈现于世，瀑布宽 115m，高 64.5m，面积达 7417.5m，距城区 30km。

原有的风采不受太大影响，新增的风情将令游人们惊喜连连。大坝泄流时气势磅礴的巨型瀑布、万吨级船队过永久船闸的壮观景象、巨大的水轮发电机组，这些由三峡大坝创造的串串奇迹正在等待游人的惊叹。

二、地方联手

风茅公路的兴建使陆上观三峡成为现实。西陵峡在秭归县境内长达 40km，崆岭峡、牛肝马肺峡、兵书宝剑峡尽在其中。

重庆市旅游局的宣传处处长张宏在接受采访时表示，三峡是重庆旅游的主要产品，也是重庆旅游的生命线。为了更好地利用三峡地区的旅游资源，将会整合重庆境内三峡旅游资源。

据悉，重庆市丰都、忠县、云阳、奉节等地已开始投资开发新的旅游项目，总投资达 20 亿元。

（文/何磊）
（选自《证券时报》）

【思考讨论】

这是一篇什么类型的调查报告？谈谈本篇例文在写作上的特色。

【简析提示】

情况调查报告是调查报告中应用最广泛的一种。

本例是一篇对于三峡工程影响力的调查，记载了一条河流对于整个电力格局的颠覆。10年而后成的三峡工程，改变中国5000年历史，影响了千百万人的生活形态和经济形态，它的意义是极为深远而广阔的。

本篇调查报告视野广阔，调查深入，笔力深厚，气势恢宏而又真切翔实地向人们展示了三峡工程在防洪、发电与提高航力方面带来的巨大影响。

报告在结构上很有特色，用三个不同的调查视点来联结全篇，"电力：一条河流对电力格局的颠覆"；"航运：千家水运商都在长江的幸福生活"；"旅游：消逝的和新生的250亿元"。三个篇章既是独立的调查，又是密不可分、内在协调一致的同一报告，展示了三峡工程广阔深厚的影响力。篇目由不同的记者独立调查并报告，又由同一个主题与语言风格而统一在同一报告中，在文章中展现出现代调查报告独立调查与协同合作的时代风采。

全篇语言概括力很强，真实地报告了"三峡工程具备的预防100年一遇洪灾的功能，可以保障中国千百万人的生命财产安全；它向半个中国输送电力，可以保障中国经济增长对能源的需求；它提高长江的通航能力，相当于在中国增加了6条铁道。"同时采用了大量的调查数据以及相当多的新闻笔法，具体真实地报道了"三峡将改变中国电力格局"（引联合证券电力行业研究员吴载德语）、"届时长江将变成真正的黄金水道"（据专家估计）、"旅游：消逝的和新生的250亿元"等事实。全文既有大量数据的引述、专家学者的评点，又有大量史实资料的挖掘、未来的预测，内容深广，极有现场感。另外，该报告行笔灵活自如，去除了一般调查报告的枯涩板滞而显得生动活泼，可读性强。

【单项实训】

1. 调查运河两岸的治理情况，写一篇运河两岸的治理与电力之间的相互影响的报告。

2. 写一篇本城的江、河、湖、海等对城市电力发展的影响。

3. 为自己以往的学习写一份学习经验总结。

4. 为学校或班级活动如运动会、技能节、艺术节、主题班会、班级春游或秋游等活动写一份活动总结。

第四节 会 议 记 录

【写法指导】

会议记录是由会议组织者指定专人，如实、准确地记录会议的组织情况和会议内容的一种机关应用性文书。会议记录一般用于比较重要的会议或正式的会议，它要求真实、全面地反映会议的本来面貌。会议记录的写法如下。

一、会议记录的格式

1. 标题

标题由会议名称加文体名称组成，就是《××××会议记录》。如果使用的是专用的会议记录本，连"记录"二字也可省略，只写会议名称即可。

2. 会议基本情况

会议基本情况主要包括会议的名称、开会的时间、地点、出席人、列席人、主持人及记录人。这些内容要在宣布开会前写好。至于出席人的姓名，会议人数不多时可——写上；会议人数多时可以只写他们的职务；工作例会时可只写缺席人的名字和缺席原因。

3. 会议内容

会议内容是会议记录的主要部分，主要记录主持人的发言、会议的报告或传达、与会者讨论发言、会议的决议等。

这部分随着会议的进展一步步完成，没有具体的固定模式，一般包含有以下几方面：会议的议题、宗旨、目的；会议议程；会议报告和讲话；会议讨论和发言；会议的表决情况；会议决定和决议；会议的遗留问题。这些是一般会议都有的项目，但侧重点会有所不同，先后次序亦会有所不同。

4. 结尾

在结尾处可将主持人宣布的散会一项记入，也可以将散会一项略去不记。

最后，由主持人和记录人对记录进行认真校核后，分别签上姓名，以示对此负责。

二、会议记录的重点

（1）会议中心议题以及围绕中心议题展开的有关活动。

（2）会议讨论、争论的焦点及其各方的主要见解。

（3）权威人士或代表人物的言论。

（4）会议开始时的定调性言论和结束前的总结性言论。

（5）会议已议决的或议而未决的事项。

（6）对会议产生较大影响的其他言论或活动。

【文案示例】

某管理群会议记录

时间：2006 年 6 月 14 日

地点：某会议室

主持人：黄俊维

记录人：刘倩楠

到会人员：

行政部：田野，黄俊维，刘倩楠

审核部：晏晶，张鹿，羊勇霖

市场部：张涛

考核部：沙哲宇

未到会人员：

市场部：倪楠（请假）

会议内容：

现在会议正式开始，今天会议有三项内容。第一项内容是各部的总结汇报工作。以后管理层的会议第一项都是总结汇报工作，请大家在以后的会议前做好准备。

行政部工作总结（刘倩楠）

下面由我来先做一下简单的工作汇报。在 6 月 10 日，我们召开了会长会议，在那里公布开始俱乐部评比工作。现在还有一些俱乐部没有上交你们人数的统计，请各位抓紧时间，行政部主要负责这次活动，在这次活动里也组织了评比组，将于最近和大家见面。

我们也在找工作人员，来优化技术部，还请大家也帮忙挖掘你身边的人才。

黄俊维指出：行政部，请尽快出台评比结果，这周六俱乐部会长会议时要出结果。请行政部加快工作的进程，同时也请管理层的兄弟姐妹们从自身做起，发动大家做好做起来。

审核部工作总结（晏晶）

在这一星期内，我们部总体上能按照规定时间内给予及时审核（在这里我还要感谢张鹿对我的支持，工作态度很认真），不过这段时间出现的问题也有，比如大家发帖子量减少很多，平均每个俱乐部一天不到 5 篇文章。

（黄俊维提问：这个问题，审核部有没有想到解决方法呢？张鹿反问：管理团队和各个俱乐部的正副会长有没有按时间按数量按质量地发帖子呢？）在我们的审核控制下，基本消除了文章或宣言有重复现象或是超额现象。（黄俊维指出：审核部的基本工作做得很不错。张鹿指出：这个问题一方面靠大家的自觉和热情，另一方面是网站的版面是否吸引受众。）文章数量问题，希望我们管理员能积极配合，支持网站基本建设，多多发表文章、自己的感想都可以的哦。（张鹿指出：如果管理团队和各个俱乐部的正副会长都没有按时间按数量按质量地发帖子，我们还能怎么样希望别人来发呢？黄俊维回答：这一点就是审核部的发展工作。）据我了解，主要有以下几个文章栏很少有人发帖子，即游戏、法律、校园风云。（张鹿发言：希望我们都能好好互相协作，支持网站，从我们自己做起，谢谢。黄俊维发言：你们可以利用你们在线时间长的优势，和各会长副会长联系好，引导他们发帖。张鹿发言：这是靠自觉，不是靠引导。既然做了这个位子就要以身作则，同意不？黄俊维回答：同意。关于这一点，我首先做一个自我检讨，我的校园风云没有做好，我会用行动来改进，三天之内你们会看到校园风云的变化，从我做起，从我们管理员做起，做好榜样。张鹿发言：成立了那么多俱乐部，连自己的会长都不发帖子，还怎么鼓励别人发呢？这样的俱乐部还有什么存在的意义？本人没有针对任何人的意思，是针对这个现象。这个事情在周六的时候并没有觉得有必要说一下。张涛说得对，我们只是引导，是带头。只有我们自己做到，别人看到了，才有兴趣去发。）

黄俊维指出：审核部你们也要每周出台一些审核结果发给会长俱乐部和管理俱乐部。如，发展得好的俱乐部要表扬，发展不好的俱乐部要提醒和批评。这一点希望在下次开会的时候各管理员一起把这点引入到会长会议中来，大家一起学会讨论。

张涛指出：至于怎么提高数量和质量，需要我们创造一个和谐的氛围。

黄俊维指出：现在会议提出表扬，审核在上一周的工作中表现突出，全部工作人员一人再加一个 E 币！大家掌声表扬，学习！

晏晶补充：这一星期内在线人数最多是 56 人，而每天发文章、宣言、评论都是那几个人，在这里也有很多是俱乐部的会长，希望你们能引导自己团队的人发表文章，支持我们的工作，谢谢。

技术部工作总结（蔡巍）

我们网站在技术工作方面正在积极配合其他部门的工作！虽然我们是在幕后，但是我们会努力地干好我们的各项工作，我们技术部现在还不是很完善，所以有些工作做得不到位，请大家谅解。大家有什么要求和建议就提出来，这样也有利于我们技术部的发展。好了，我的总结完毕。谢谢大家支持！

黄俊维提问：就是现在我们市场部已经出去联系商家准备在网站上上广告位了，你们能做动画的广告牌吗？

蔡巍回答：能。

黄俊维发言：呵呵，能就行！我们部的工作下一步需要你很大的支持啊！

张鹿指出：但是那样好像会影响网站打开的速度啊，所以广告做动画有待商议考虑啊！

黄俊维发言：我想象中的是，三个图片的切换就行了。技术的我还真懂得很少，蔡巍，你给我说说。三个图片的切换就行了，困难吗？

蔡巍提问：是不是焦点图片那种啊？还是分别显示啊？

黄俊维回答：是用数码相机拍摄的，感觉就如上次俱乐部评比的那个广告一样，三张图片切换一下的样子，二张或是三张图片切换。这个问题，我再私下问你吧。

蔡巍回答：不难。

市场部工作总结

黄俊维发言：经常一周的时候动作，我们市场联系了六个商家，准备给他们上广告，但是效果很一般，有三个商家考虑后说以后再考虑，还有三个商家，表示感兴趣，在继续商谈中，基本上确定是两个商家了，工作进程有点难，没有意想到，这一点是市场部的失误，我们在这向大家检讨了，我们会继续努力的，同时也希望大家能给市场部提提意见。以上是第一点，第二点是现在市场部分为营销部和宣传部。宣传部的工作主要有三个：一个是做好网站的校内宣传工作，这一点张涛做得不错，前不久在天之涯杯征文上对网站做了宣传。工作之二是宣传部要做好网站的写手工作，就是联合各俱乐部副会长，建立一个网站写手团队。工作之三是重新发展几个重要的文章栏目。下面有请主管宣传的张涛给大家说两句。

张涛发言：宣传的事我正在策划中，我想我会拿出成果给大家一起分享。我现在想做的就是请技术部能给予大力支持制作网刊。

会议第二项　俱乐部评比的落实工作

黄俊维发言：需要管理团队的大力支持。刚刚行政部在做总结汇报的时候已经说到了，请管理层的先做好表率作用，把自己俱乐部的总结发到会长俱乐部里去，希望大家都做到这一点，谢谢。刚刚行政部在做总结汇报的时候已经说到了，请管理层的先做好表率作用，把自己俱乐部的总结发到会长俱乐部里去，希望大家都做到这一点，谢谢。

会议第三项　各部的制度和计划备份

黄俊维发言：各部的制度和计划请备份，再发一份到管理俱乐部，我们进行讨论，周六会长和管理层会议中正式实施，这几天是试行。大家还有什么补充的吗？没有的，散会，现在是自由讨论时间。

散会。

主持人：（签名）

记录人：（签名）

（选自渤大休闲网）

【思考讨论】

会议记录一般有几种方法？各有什么不同？本篇例文在写法上有什么特点？

【简析提示】

会议记录一般有两种方法：摘要记录和详细记录。摘要记录是指有重点、有要点地记录与会者的讲话、发言与决议，不必"有闻必录"。所谓重点、要点，指发言人的基本观点和主要事实、结论。对一般性的例行会议，只要概括地记录讨论内容和决议的要点，不必记录详细过程。详细记录是指尽可能地记下每个人发言的原话，甚至发言时的语气、动作、表情及与会者的反应。如果发言者是照稿子念的，可以把稿子收作附件，并记下稿子之外的插话、补充解释的部分。

这是一份详细记录，生动活泼地再现了会场的状况、每位发言人的语言风采，留下了真实详尽的会议资料，是一份原始的会议文字记录资料。

【单项实训】

开一次主题班会或者组织一个论坛等，并做会议记录，要求格式正确完备。

提示：内容可为当地可循环再生能源问题，环境保护问题，本地风电、核电、水电等发展问题，民生问题，时事热点等。

【单元实训】

1. 校团委拟举办"五四"青年节庆祝活动，届时将举行多种纪念活动，包括举行篮球比赛、读书报告会、文艺联欢会、电影专场、青年书画展等。请拟一个表格式活动安排表，计划名称、计划表及说明均要求具体明确，有关内容如时间、地点、负责人等可以虚拟。

2. 根据下面的材料拟一份××营销公司2007年的工作计划，要求结构完整、详略得当、逻辑严密、语言准确流畅、不少于600字。

材料：

（1）2007年工作重点：2007年，销售工作仍将是公司的工作重点，着眼公司当前、兼顾未来发展。在销售工作中坚持做到：突出重点维护现有市场，把握时机开发潜在客户，注重销售细节，强化优质服务，稳固和提高市场占有率，积极争取圆满完成销售任务。

（2）销量指标：至2007年12月31日，公司销售任务560万元，销售目标700万元。

（3）实施措施：①技术交流；②客户回访；③网络检索；④售后协调。

3. 写作实训即将来临，为了让我们的写作实训实有所获，行之有效，请不惜笔墨、不吝篇幅，掷其才力，彰其文思，订一份详细具体、切实可行的写作实训计划，条文式、表格式均可，但务须切实可行，要求目标明确、步骤清楚、时间具体。注意：实训时间为一周（五天），上午四课时，下午二课时，内容应尽可能涉及学过的各项应用文写作知识。

4. 请根据以下材料写一份关于大学生课外阅读情况的调查报告。

阳光下、草坪上、教室里、图书馆……到处可以看见书不离手的大学生，他们脸上洋溢着满足自信的笑容。

"你课外阅读的主要目的是什么？""你最喜欢阅读哪种类型的书籍？""你平时看一本书用多长时间？"……前不久我们对大学生的阅读取向进行了一次访问式调查，目的是了解当代大学生读什么书、读多少书和怎样读书的问题。

　　通过调查有部分学生的课外阅读主要是为了休闲，他们认为"平时专业课程的阅读量已经很大了，课外阅读当然选择内容较轻松的课外书籍，以缓解读书的压力"，这样的学生大约占 44.9%。还有部分同学的课外阅读是为了拓展知识面，这样的学生所占比例较少，只有 8%。

　　大学生不青睐具有专业知识的书籍是否合理呢？不少招聘企业都感慨现在的大学生专业能力很薄弱，学以致用的能力较差。在学校期间不注重专业知识的积累和自身专业技能的训练，不阅读、不关注相关专业课外书籍，是造成这种现象的原因之一。

　　在回答"你最喜欢阅读哪种类型的书籍?"时。大多数学生选择报刊杂志。报刊杂志始终占据大学生阅读排行榜的首位。多数学生选择此类书籍的原因大多是因为"阅读起来方便"和"信息量大，来源广泛，易获得"。调查中发现，学校为学生免费提供的《文汇报》成为阅读人次最多的报刊，《青年报》、《环球时报》、《参考消息》、《电脑报》、《读者》有一定的市场。在阅读内容上，阅读新闻占 61%，领先其他三项，阅读"生活信息及收集资料"占 24%，阅读"文学作品"占 16%，阅读"评论文章"占 18%。

　　目前大学生的阅读结构对大学生正确世界观、人生观的形成非常不利，急需加以正确引导。

　　5. 设想大学应用文写作即将结束了，对于本学期的课程的学习，也许你有收获、有成绩，也有困惑、有失落，试以本学期大学应用文写作为例，写一份学期学习总结。要求格式正确，内容充实，观点与材料相结合，注意应用点面结合、叙议结合的方法。

第二章　公 务 类 文 书

第一节　通　　知

【写法指导】

一、眉首

1. 发文机关标识

发文机关标识一般是由发文机关名称和文件构成。

2. 发文字号

发文字号由机关代字、年份和文种三部分构成。

3. 签发人

上行文要有签发人、会签人。

二、主体

1. 标题

标题通常有三种形式，一种是由发文机关名称、事由和文种构成，一种是由事由和文种构成，一种是由文种"通知"作标题。

2. 主送机关名称

即被通知对象的名称，顶格写，并加全角冒号。

3. 正文

正文由事由、事项和结束语三部分组成。事由主要交代通知缘由、根据。事项是通知的主体，说明通知事项。结束语提出执行要求、希望等，或用"特此通知"等字样。

4. 附件

如有附件，则写明附件名称，两则以上，则用阿拉伯数字依序标明，附件名称写法与标题写法相仿，不加标点符号。

5. 落款

落款写出发文机关名称和发文时间。用公文形式发出的通知要加盖公章。

三、版记

1. 主题词

主题词由类别词、类属词和文种构成，一般不超过 5 个。

2. 抄报、抄送

写明抄报、抄送机关名称，左空一格，抄报在前，抄送在后，各单位用逗号点开，用句号结束。

3. 发文机关名称及印发日期

左空一格，写明发文机关名称；右空一格，写印发日期。

【文案示例】

国家发展和改革委员会文件

发改电〔2008〕207号

关于提高电力价格有关问题的通知

各省、自治区、直辖市发展改革委、物价局、电力公司，国家电网公司、南方电网公司：

为缓解电力企业经营困难，保障电力供应，经研究，决定适当提高全国各地电网销售电价标准。现将有关问题通知如下。

一、自2008年7月1日（抄见电量）起，将全国除西藏自治区之外的省级电网销售电价平均每千瓦时提高0.025元。

二、为减少电价调整影响，居民生活用电价格、农业生产和化肥生产用电价格暂不调整；四川、陕西、甘肃三省受地震灾害影响严重的县（市）电价也不作调整。

三、各省、自治区、直辖市电网销售电价水平及有关发电企业上网电价提高标准，另行公布。

四、电网企业和发电企业要严格执行国家电价政策，不得随意提高或者降低国家规定的电价水平。同时，要加强生产调度，保证正常生产经营，确保电力供应。

五、各级价格主管部门应加强对电价执行情况的监督检查，打击各种扰乱市场秩序的行为，确保国家电价政策贯彻落实，对违反国家电价政策的行为，将依法予以查处。

国家发展和改革委员会（章）

二〇〇八年六月十九日

【思考讨论】

这是一篇什么种类的通知？它在写法上有什么可借鉴之处？

【简析提示】

本例是一份指导性通知。在写法上显示出下行文所特有的语言简明、行文规范的特点。文章概括地写出了通知的目的，点明事由，再由"现将有关问题通知如下"一语过渡到通知的具体事项，各事项由主及次、分条列项地道来；行文规范，从标题、主送机关、正文、发文日期等均相当规范。

【单项实训】

为学校某项活动写一份通知，要求有眉首、主体、版记，格式正确完备。

提示：内容可为突发事件应对宣传活动、平安创建活动、和谐校园活动、暑假社会实践活动、"电力杯"征文等。

第二节 通 报

【写法指导】

根据内容不同，通报可以分为表彰性通报、批评性通报和情况通报三种。

通报的目的内容不同，具体写法也各不相同，但基本的写作格式与要素仍然是一致的。

通报正文的写法通常由事由、事项和结束语等部分组成。

一、事由

说明通报缘由。表扬性通报一般在开头部分概述事件情况，把表扬对象的先进事迹交代清楚。批评性通报如是对个人进行通报批评，要先写清事实；如是对国家机关或集体进行通报批评，则应叙写事实，分析原因，指出事故的性质、后果，总结教训，从而达到指导面上工作的目的。

二、事项

说明通报决定或事项。阐明对前所陈述的事实所做的表彰或批评决定，或者详细陈述通报的有关情况。

三、结束语

提出通报的希望、要求或改进措施，或得出结论。

【文案示例】

山东省人民政府文件

鲁政字〔2008〕103 号

关于表彰山东电力集团公司的通报

各市人民政府，各县（市、区）人民政府，省政府各部门、各直属机构，各大企业，各高等院校：

2008 年 1 月中旬以来，历史罕见的低温冻雨、冰雪灾害，使我国南方部分地区电网受损严重。山东电力集团公司积极响应党中央、国务院的号召，先后派出抢险人员 2261 人、工程车 140 余辆、发电车 10 台赴湖南进行抗冰抢险工作。抢险队伍不畏艰险，顶风冒雪，历时 41 天连续奋战，先后完成了湖南电网 500kV 湘云 Ⅰ、Ⅱ线等 5 条输电线路的抢修任务，累计拆除并重新组立铁塔 39 基、电杆 23 基，架设导线 40.2km，并向湖南等电力公司调集支援了大批抗灾和灾后重建物资，运送电缆 4892m、配电变压器 43 台、钢芯铝绞线 1031t、电杆 53469 根，费用总额约 5255 万元，为湖南电网和湖南省的恢复重建工作作出了重大贡献，受到湖南省委、省政府和国家电网公司的高度评价，充分展现了山东电力职工的良好风采，展现了山东人民勤劳朴实、真情互助的良好形象，为全省人民争了光。为表彰山东电力集团公司在抗冰抢险中做出的突出贡献，省政府决定，给予山东电力集团公司通报表彰。

希望山东电力集团公司认真总结抗冰抢险经验，大力弘扬抗冰抢险精神，进一步加快建设山东电网，推动全省电力发展方式转变，确保全省电力可靠供应。全省各级、各部门要认真学习山东电力集团公司讲政治、顾大局的责任意识，大力弘扬他们在抗冰抢险中表现出来的无私奉献、勇往直前、团结协作、艰苦奋战的优秀品质，进一步解放思想，开拓进取，扎实工作，为在新起点上实现富民强省新跨越不断做出新贡献。

山东省人民政府（章）

二〇〇八年四月二十四日

主题词：人事　表彰　通报

抄　送：省委各部门，省人大常委会办公厅，省政协办公厅，省法院，省检察院，济南军　　　　区，省军区，各民主党派，省委。

山东省人民政府办公厅　　　　　　　　　　　　　　　　　2008 年 4 月 30 日印发

【思考讨论】

这是一篇什么种类的通报？谈谈它在公文写作规范性上的特点。

【简析提示】

本例是一篇表彰性通报，对在抗冰抢险中做出突出贡献的山东电力集团公司给予通报表彰。

这篇通报体现了公文写作规范性的特点，谨守公文格式上严格要求，眉首、主体、版记三要素齐全，写作格式规范。眉首包括发文机关标识、发文字号，主体部分明确主送机关、正文、落款，版记部分明确标清主题词、抄送机关、印发机关及印发日期，其中正文部分先写通报的背景经过、目的，明确事由，再写通报事项——表彰山东电力集团公司，最后提出希望建议，事实叙述清楚明白，详略得当，重点突出，行文规范，语言简洁庄重，注意分寸。

【单项实训】

1. 为学校某一事项写一份通报，要求有眉首、主体、版记，格式正确完备。

提示：比如学校师生员工为地震灾区捐款情况通报、电力职业技术学院学生考勤情况通报、学校路名、广场名的征集工作情况通报、表彰寒假参加抗冰保电抢险工作学生的通报、批评考试作弊学生的通报等。

2. 下面是一份安全通报的前半部分，请根据所提供的材料，续写完整。

关于对用管所小沙红光村"网改"材料被盗事件的通报

2006 年 5 月 3 日凌晨 2 点左右，用电管理所下属马岙供电营业所位于小沙镇红光村的一座农网改造物资仓库被盗。窃贼将仓库铁锁砸断，把仓库内的导线、电缆等物资盗走。事发后，公司和用管所领导非常重视，要求有关部门积极配合公安部门对该起案件开展侦破、调查工作。为使各单位吸取教训，防止类似事件的再次发生，确保各类物资安全。现将该起事件通报如下。

事情经过：

5 月 3 日上午 8 点 30 分左右，用电管理所小沙营业组值班员张飞波接到红光村村民关于农网改造物资仓库失窃的反映后，立即用电话通知网改班张如对，张如对迅速赶到仓库查看实情，发现导线、电缆等农改物资被盗。随后电告马岙所主任，又相继向公安 110 和保险公司报案。同日上午 10 点 30 分左右，定海刑警队和小沙边防派出所的同志到达现场进行勘察和做笔录。经清点，失窃材料有：①LGJ-70 型钢芯铝绞线 640kg；②LGJ-35 型钢芯铝绞线 478kg；③120mm² 单股铜芯电缆 40m；④4×50mm² 铜芯电缆 32m；⑤2.5mm² 铜芯护套线 1000m；⑥低压悬式绝缘子 16 只。另外被盗工器具：①900 管柄断线钳 2 把；②10 寸扳手 4 把；③钢丝钳 2 把。共计价值约 36000 元。事发后，公司办公室副主任卓惠根和用电管理所包善军副主任都赶到失窃现场进行查看，并提出了相应的安全防范措施和要求。

提示：可以分析被盗事件发生的原因（如防范意识差，思想上不够重视；执行不力，存在侥幸心理；与村委联系不够，缺乏必要的衔接等），并提出整改措施（如加强领导，提高认识；健全制度，明确责任；联系村委，取得支持；加固仓库，专人负责；多方努力，打击盗窃犯罪分子等）。

第三节　报　　告

【写法指导】

报告主要用于向上级机关汇报工作、反映情况、答复上级机关的询问。

报告正文的写法通常由事由、事项和结束语等部分组成。

一、事由

事由指报告的开头部分，起着引导全文的作用。不同类型的报告，其写法也有较大不同。概括起来，有以下几种类型。

1. 背景式

背景式是指交代报告产生的现实背景。

2. 根据式

根据式是指交代报告产生的根据。

3. 叙事式

叙事式是指在开头简略叙述一个事件的概况，一般用于反映情况的报告。

4. 目的式

目的式是指将发文目的明确阐述出来。

二、事项

事项即报告的主体，也有多种写法，下面择要介绍几种常见形式。

1. 总结式写法

这种写法主要用于工作报告。主体部分的内容，以成绩、做法、经验、体会、打算、安排为主，在叙述基本情况的同时，有所分析、归纳，找出规律性认识，类似于工作总结。总结式写法最需要注意的是结构的设计安排，按照总结出来的几条规律性认识来组织材料、安排层次，是最常用的结构方式。

2. "情况—原因—教训—措施"四步写法

这种结构多用于情况报告。先将情况叙述清楚，其次分析情况产生的原因，再就是总结经验教训，最后提出下一步的行动措施。

3. 指导式写法

这种结构多用于建议报告。希望上级部门采纳建议，批转给有关部门执行、实施，是建议报告的基本写作目的。为此，建议要针对某项工作提出系统完整的方法、措施和要求，对工作实行全面的指导。形式上采用分条列项的方法逐层表达。

三、结束语

报告的结语比较简单，可以重申意义、展望未来，也可以采用模式化的套语收结全文。模式化的写法大致是："以上报告，请审阅"和"以上报告如无不妥，请批示"等。

【文案示例】

长春市人民政府文件

长府〔2004〕78号 　　　　　　　　　　　　　　　　　　签发人：

关于解决长春市水污染问题的报告

国家环保总局：

　　国家环境保护总局办公厅《关于尽快解决长春市水污染问题的函》（环办函〔2004〕381号）收悉。市政府十分重视，市长祝业精、副市长王学战听取了市建委、市环保局等部门关于我市城区地表水污染和污水处理情况的汇报，并组织召开专题会议对该问题进行讨论和研究。会议认为，总局提出的水污染问题，是我市亟待解决的问题，城市污水处理厂建设是我市城市建设的重要任务，必须加快进程。现将我市城市污水处理及城区地表水污染治理有关情况向总局报告如下：

一、关于城市生活污水处理率

　　目前，长春市共有 4 个污水处理厂，分别是日处理能力 39 万 t 的北郊污水处理厂、日处理能力 15 万 t 的西郊污水处理厂、日处理能力 2.5 万 t 的双阳污水处理厂和日处理能力 2.5 万 t 的一汽污水处理厂。其中，日处理能力最大的北郊污水处理厂为一级处理。

　　按照国家环保总局《关于调整〈国家环境保护模范城市考核指标〉及实施细则的通知》（环办〔2002〕132 号）和总局《关于印发〈"十五"期间城市环境综合整治定量考核指标实施细则〉的通知》（环发〔2001〕161 号）要求，城市生活污水处理率一级处理水量不再纳入计算。因此，长春市城市生活污水处理率由 2001 年底的 53.42%，分别下降至 2002 年的 7.48% 和 2003 年的 10.86%。另外，2003 年，长春西郊污水处理厂和双阳污水处理厂区域排污管网未全部截流，两污水处理厂未达到设计处理能力，因此，长春市城市生活污水处理率仅为 10.86%。

二、关于北郊 39 万 t 污水处理厂停运问题

　　长春北郊污水处理厂由香港汇津公司与长春市排水公司合作经营，冠名为长春汇津污水处理有限公司（以下简称汇津公司）。北郊污水处理厂因汇津公司与长春市排水公司发生合同争议，汇津公司擅自于今年 2 月 26 日起全面停运。

　　此事发生后，市政府非常重视，祝业精市长、王学战副市长专门向总局解振华局长汇报，得到了理解和明确批示。市环保局对汇津公司下发了《关于责令长春汇津公司污水处理有限公司限期恢复北郊污水处理厂正常运行的通知》（长环保〔2004〕6 号）、《关于对长春汇津污水处理有限公司的处罚决定》（长环保〔2004〕7号）和《关于要求长春汇津污水处理有限公司尽快落实国家和吉林省整治违法排污企业有关规定的通知》（长环保〔2004〕49号），要求汇津公司无条件恢复运行，同时处以罚款5万元。长春市排水公司作为合作方，为防止污水处理厂停运造成下游水体污染，向政府提交了《关于组织恢复北郊污水处理厂生产运行的报告》。经多方协商，北郊污水处理厂于今年5月1日已恢复生产运行。

三、城区地表水污染综合治理进展情况及污水处理厂建设规划

市政府为彻底解决长春市地表水污染治理问题，2003年，市政府成立了地表水综合治理办公室，将有关任务分解落实到市建委、环保局、规划局、水利局、园林局、法制办、水务集团和城开集团等8个部门和单位，各责任部门又将各自承担的办理任务进一步细化分解，落实到人头。一年来，主要完成了以下几方面工作。

（一）完成城区水体污染现状调查

对城区排水管网、污水吐口、主要污染源、各公园水体状况等进行了全面摸底调查。在此基础上，开展了《城区地表水水系及补给水研究》、《城区排水系统和排水管网建设问题研究》、《城区地表水污染源防治研究》和《城区地表水体功能区划》等课题研究，编制《长春市城区水体污染综合治理规划（2003～2007年）》。

（二）实施水体综合治理和污染治理工程

实施南湖公园、儿童公园、动植物园水体综合治理工程和伊通河中段污染治理工程。至2003年底，南湖湖底清淤累计完成71.9万 m^3，占工程总量的86%。完成了儿童公园水源补给工程。同时，对儿童公园、动植物园和雕塑公园水体进行了生物化学处理，使公园水体水质得到改善。伊通河城区中段污染治理工程，计划投资1.83亿元，至2003年，共投入资金1亿元，完成了征地拆迁、蓄水拦河闸基础和两侧翼墙主体工程，该工程将于2005年全部完工。

（三）做好城市污水处理厂规划、建设准备工作

目前，北郊污水处理厂等污水处理厂升级改造，长春南部、东南部、雁鸣湖污水处理厂建设工程已纳入政府日程，并着手实施。

1. 完善现有的污水处理设施，最大限度地发挥其效益

（1）对北郊污水处理厂进行改造。通过强化管理，使出水稳定达到一级处理标准。在此基础上，投资5.6亿元（利用亚行贷款），实施北郊污水处理厂二期工程，使处理深度达到国家规定的二级标准，同时增加日处理10万t再生水的能力。该工程2005年动工建设，2006年投入使用。

（2）继续实施西郊污水处理厂的污水截流工程，今年8月5日前完成南阳路截流干管工程（全长3km、DN1500）建设，使污水日处理量达到10万t。

2. 依据不同汇水区域的水质水量，规划建设一批新的污水处理厂

（1）建设东南部污水处理厂。随着南部新城建设步伐的加快，为解决净月开发区和经济开发区汇水区范围内的地表水污染问题，满足伊通河景观用水和周边绿化等用水需求，决定建设东南部污水处理厂。该项目计划投资5.7亿元，建设规模为日处理能力25万t。工程分两期实施：其中，一期工程15万t，计划投资3.4亿元，今年下半年启动前期工作，2006年开工建设，2008年投入使用。

（2）建设南部污水处理厂。为适应高新开发区快速发展的需要，解决西南汇水区范围内

的水体污染问题，满足永春河景观用水和周边绿化等用水需求，决定建设南部污水处理厂。该项目计划投资 5.6 亿元，建设规模为日处理能力 25 万 t。工程分两期实施，一期工程 15 万 t，计划投资 3.4 亿元。目前，该项目的立项、可研、环评、征地等前期工作已完成，亚行正在进行投资评估。如亚行贷款年底能到位，将在 2005 年开工建设，2007 年投入使用。

（3）建设串湖区域污水处理厂。市政府决定，从今年开始启动为期 3 年（2004～2006 年）的西部串湖综合治理工程，彻底解决该区域的地表水污染问题。经有关部门和专家反复论证，形成了分步实施的设想：第一步，计划投资 3500 万元，在长春公园西南角四号湖上游建设一座日处理能力 1.5 万 t 的污水处理厂，解决长春公园、溪园和珍珠溪的补给水问题；第二步，计划投资 1.2 亿元，在雁鸣湖班家营子或西侧导航站建设一座日处理能力 5 万 t 的污水处理厂，主要解决雁鸣湖下游的景观用水问题。长春公园污水处理厂的建设今年下半年启动，2005 年开工建设并投入使用；雁鸣湖污水处理厂（原雁鸣湖区域污水处理厂）的立项、可研、环评、征地等前期工作已完成，开行贷款已到位 7000 万，今年下半年将进一步完善设计方案，2005 年开工建设，2007 年投入使用。

目前，市政府已责成市建委、规划局、城开集团、水务集团等部门单位，加快城市污水处理厂建设步伐，积极筹措资金，抓紧落实建设任务。

四、城市污水处理厂建设主要落实措施

（一）明确分工，落实责任

为加快城市污水处理厂建设步伐，确保建设工程顺利进行，市政府责成有关部门、单位和开发区，分工负责、紧密配合，共同完成这项任务。具体分工如下。

市建委负责整体工作的组织协调、情况综合、督促检查和工程验收。

市规划局负责污水处理设施建设用地的选址和规划用地控制，绝不允许随意占用。

市环保局负责对现有污水处理设施的运行情况进行监督管理。

水务集团负责组织实施北郊污水处理厂的二期工程；完善西郊、双阳两个污水处理厂的配套设施，并安装污水处理在线监测系统。

净月开发区管委会负责组织落实东南部污水处理厂的建设和运行管理。

高新开发区管委会负责组织落实南部污水处理厂的建设和运行管理。

城开集团负责组织落实长春公园和雁鸣湖两个污水处理厂的建设和运营管理。

（二）采取市场化运作方式，多渠道筹集建设资金

污水处理设施建设投资额大、运行费用高，应打破政府单一投资的传统模式，进一步放开投融资市场，形成以政府投资为引导、多渠道投入、多形式投资的发展机制，实现投资主体多元化。紧紧抓住国家振兴东北等老工业基地的有利时机，做好项目前期工作，千方百计争取国家和省的资金支持；积极争取世行、亚行等国际金融机构的支持，进一步加强与国家开行及各大商业银行的沟通和联系，争取更多的信贷资金；在统一规划的前提下，按照"谁投资、谁经营、谁受益"的原则，采取独资、合资、合作、股份、BOT（建设—运营—移交）、BTO（建设—交还—经营）、BT（建设—转让）等多种形式，鼓励外资和国内各类社会资本投资建设污水处理设施。支持高新开发区、净月开发区通过招商引资，进行区内污水处理设施建设。

（三）加强行政监管，实行特许经营

污水处理设施是城市公共工程，不仅投资额度较大，而且关系到城市的环境建设和可持续

发展。因此，对其规划、建设和运营管理进行全过程的监管。按照建设部《市政公用事业特许经营管理办法》，今后我市污水处理设施建设一律采取向全社会公开招标的方式，择优选择投资者、经营者，彻底解决政府投资的公共工程资金浪费、质量不高和管理不善等问题。

（四）巩固成果，进一步提高城市环保水平

第一，针对城区水环境现状，结合我市实际，市政府成立了全市环境容量测算工作协调小组，建立了长春市地表水环境容量测算工作协调会议制度。截至 6 月末，水环境容量测算完成了各污染源、地表水体、监控断面及入河排污口的监测，现正抓紧数据汇总、容量计算和技术报告的编制，预计在 2004 年 7 月初完成。大气环境容量核定完成了污染源、空气质量现状、气象条件调查、汇总、分析和 A 值法应用、多源模式应用、容量确定以及技术报告、工作报告的编写等工作。以上项目经市政府常务会议讨论通过，省环保局审核，国家环保总局最终核定后，正式批准实施。

第二，结合国家六部委《关于开展清理整顿违法排污企业保障群众健康环保专项行动》，我市把加大对水污染防治工作作为一项长效管理机制进行了认真实施。开展了全面排查工作，对群众反映强烈的环境污染问题、清理整顿重点进行全面梳理。截止到目前，共排查出 177 家违法排污企业：其中属国家明令淘汰的"十五小"、"新五小"企业 19 家，违反建设项目"三同时"规定的 34 家，超标排放污染物的 124 家，违法排放污染物的（没有治污设施直接排放或故意不正常使用污染防治设施偷排）20 家。对于上述违法排污企业的违法行为，拟对 54 家予以取缔、关闭，对 2 家实施停产治理，对 70 家实施限期治理和经济处罚，对其余单位实施补办手续或整改。

第三，我市由市环保局与商委联合下发了《关于对屠宰加工企业污水排放进行限期治理的通知》。要求市区生猪、禽、犬类屠宰加工企业须在 2004 年 10 月 31 日前完成治理任务，对牛、羊、大牲畜等加工企业及各县（市）各类屠宰加工业必须在 2005 年 10 月 31 日前完成治理任务。对不能按时完成限期治理任务的加工企业，取消屠宰加工资格并进行罚款同时加倍征收排污费。

第四，在环境监测上，加强自动监控网络建设，建立了环境质量状况公示制度，我市区域内的主要河流、水体环境质量状况都定期上报和通报。上半年，共监测废水污染源 140 家（次）、医疗废水 48 家，共提供了近 2 万个监测数据，松花江等主要河流和水体水质上报率 100％。

第五，在全市范围内，开展了饮用水源保护区划分工作，目前，各县（市）和双阳区已经完成了饮用水源保护区划分的技术文本等基础工作，通过了由省环保局组织的专家组技术审核。按照环保目标责任书落实的分解任务，加强了对双阳污水处理厂的监督管理，双阳银瀑啤酒厂污水治理项目已经通过省环保局组织的验收，污染物已经做到了稳定达标排放。

第六，市环保与规划部门起草了《关于加强建设项目中水设施建设管理的通知》，将对市区具有一定规模的新建、改建、扩建工程项目必须同期配套建设中水设施，包括建筑面积超过 2 万 m² 的宾（旅）馆、商场、公寓、综合性服务楼及高层商品住宅，规划建筑面积 5 万 m² 以上的住宅小区、集中建筑区；优质杂排水日排放量超过 250m³ 的独立工业企业及成片工业小区。要求对上述建设项目中水设施与主体工程同时设计、同时施工、同时交付使用。通过采取以上措施，我市城市污水处理率和中水回用率将会得到进一步提高，增加水污染物排放环境容量。

总之，我们一定要加快城市污水处理厂建设步伐，尽快提高长春市城市污水处理率，增加水污染物排放环境容量，为我市振兴长春老工业基地建设提供更多发展空间。

二〇〇四年七月二十七日（章）

主题词：环保　污染　治理　报告

长春市人民政府办公厅　　　　　　　　　　　　　　　　　2004 年 7 月 27 日印发

【思考讨论】

这则公文从行文关系来看是什么公文？在写法上有什么特点？谈谈你对本篇报告内容的看法。

【简析提示】

本例报告从行文关系来看是上行文。

写法上，在开头简单地提出报告事由——收到国家环境保护总局办公厅《关于尽快解决长春市水污染问题的函》（环办函〔2004〕381 号）之后，就集中笔力写好报告的各个具体事项，就总局提出的水污染问题，该市举行多次讨论会议，认为这是该市亟待解决的问题，城市污水处理厂建设则是城市建设的重要任务，必须加快进程。报告就城市污水处理及城区地表水污染治理有关情况分四个部分，分别从基本情况、存在问题、治理规划、落实措施这样一个内在的行文逻辑，详细地向上级部门汇报这方面的工作，体现了报告表达的陈述性、写法的灵活性与内容的逻辑性等特点。

水是人类赖以生存的不可或缺的资源，水的卫生清洁关系到城市的千家万户，本报告的内容值得我们引起高度重视与关注。

【单项实训】

为学校某一事项写一份报告，要求有眉首、主体、版记，格式正确完备。

提示：大学生电力科技创新中期研究情况的报告、结题报告、大学生电力应用文实训成果的报告、电力大学生创新学习能力培养的报告、电力应用文实训基地建设的报告、电力学校年度学代会和团代会工作的报告、电力应用文学习情况自查自测的报告、寒暑假社会实践活动情况的报告、所在省市贯彻实施《电力法》情况的报告、申请和谐示范寝室的报告等。

第四节　请　　示

【写法指导】

请示的正文一般由三个部分组成：请示事由、事项、结束语。

一、请示事由

请示事由指提出请示的依据、目的、背景，反映情况，说明理由。

二、请示事项

请示事项是请示的核心内容，主要写明需要主管部门帮助解决的问题。

三、结束语

结束语指为了有利于审批，进一步提出解决问题的办法、措施、意见与建议，或根据请示目的的不同，使用结束语："以上请示如无不妥，请批准"、"当否，请批复"、"请予核批"等。

【文案示例】

英林镇人民政府文件

晋英政〔2006〕99号　　　　　　　　　　　　　　　　　　　签发人：

关于要求拨款支持电力线路改造工程建设的请示

晋江市人民政府：

　　我镇是全国小城镇建设试点镇，城镇规划日臻完善，目前已完成内外交通发展战略专项规划修编，确立了"工业发达、商贸繁荣、人居和谐"的工贸重镇和休闲服装制造基地的发展定位。为进一步加快小城镇建设步伐，提升电力供应能力，支持企业发展，我镇决定对英龙路进行电力线路改造，改造电力管道全长 2km，需改造 10kV 线路三回，公用变压器 8 台约 3000kVA，预计需投资 800 万元。由于镇财政确实困难，请纳入市电力公司电力线路工程投建。

　　以上请示妥否，请批复。

　　　　　　　　　　　　　　　　　　　　　　　　　　英林镇人民政府（章）
　　　　　　　　　　　　　　　　　　　　　　　　　　二〇〇六年十一月十五日

（联系人姓名、电话）

主题词：城镇建设　拨款　电力线路　请示

　英林镇党政办公室　　　　　　　　　　　　　　　　2006 年 11 月 15 日印发

【思考讨论】

　　这则请示在写法上有什么特点？它与前篇报告在写作重点上有什么不同？写请示应当注意哪些事项？谈谈请示与报告的不同。

【简析提示】

　　本例请示文件是英林镇人民政府用来要求晋江市人民政府拨款的，以便于支持当地电力线路改造工程建设，行文目的意图十分明确。正文部分先陈述请示的背景、目的，事由充分；请示事项表述清晰，要求政府以"市电力公司电力线路工程投建"的方式"投资 800 万元"；最后使用结束语。主题词表述也恰当，类别词是"城镇建设"，类属词是"拨款"和"电力线路"，文种是"请示"。全文格式完备，行文也较规范。

　　请示在写作重点上显然与报告不同。报告重点在陈述事项上，可以分条列项、有条不紊地缓缓道来；请示则需要在事由上下功夫，请示事由要充分，而请示事项则应简明扼要。

　　拟写请示应当注意下述问题。

　　（1）写请示要一文一事，切忌一文数事，给上级答复造成困难。

　　（2）请示的主送单位只能是一个，不能多头主送。

　　（3）不要错用文种，尤其要与报告区别使用，更不能合用，力戒写成"请示报告"。

（4）要选准请示的问题，充分考虑到上级批准的可能性。

（5）请示理由要充分，能引人注目，有说服力。

（6）请示在眉首要有签发人姓名、在附注处写上联系人姓名、电话。

请示与报告的不同主要在于下述几个方面：①在行文时间上，请示在事前，报告在事中或事后；②在内容上，请示要求一文一事，报告则可一文多事；③在报送要求上，请示必须上报上一级的主管部门，报告则可多头报告；④在目的要求上，请示要求批复，报告则无须批复。

【单项实训】

1. 为学校、班级等部门的某一事项写一份请示，要求有眉首、主体、版记，内容正确，格式完备。

提示：为成立演讲辩论小组、进行电力科技创新研究活动、要求进行暑期实践活动、建设电力学生网站、邀请省市作家来校文学讲座、召开学代会、创办电力广告创业公司、申请外出参加科学考察活动经费等向有关方面作出请示。

2. 根据下面材料，写一则请示。

某市发展和改革委员会预计今年夏季全市最高用电负荷达 305 万 kW（最高网供负荷为 275 万 kW），而今夏供电存在诸多不确定因素，如煤炭、成品油的供应与价格影响、天然气供应的不确定性、交通运输的紧张、电力设施遭外力破坏、局部电网瓶颈等因素，都将直接导致部分时段、局部地区出现错峰限电情况。特别是今年以来的煤炭价格持续快速上涨，导致发电企业负担加重，主力电厂大幅亏损，直接影响电力企业顶峰发电的积极性。为认真执行全省能源和节能工作会议精神，继续以"确保电网安全运行、确保城乡居民及重要用户、确保经济社会秩序稳定、确保良好的投资环境不受大的影响"为原则，根据省市工作要求，并结合该市具体实际，在充分考虑电网的可靠性、社会的影响力、企业的承受力和地区的平衡性等因素的前提下，该委与市供电公司共同编制了《某市 2008 年电力供应应急预案》，通过高耗能企业可转移负荷预案、负荷管理系统直控限电预案、夏季轮休预案、夏季设备集中检修预案、自发电装置用户的错峰预案等进行逐级分步实施，应急错峰负荷为 50 万 kW。今年的预案将根据国家产业政策对全市所有工业企业分类排队，按用户重要性及用电特性分成 A、B、C、D 四个等级，按照"既讲原则又要灵活"的思路，做到"有保有限、收放灵活、快上快下"的原则，预案首选高能耗、低产出的企业，对符合国家产业政策的边疆性生产作业企业、中断可能造成安全事故的企业、高新技术企业及抗震救灾物资生产企业等保证用电。

该预案已报市经贸委、市供电公司同意，现将该方案上报该市人民政府请求审批。请代为行文，要求内容正确，格式齐备。

第五节　批　　复

【写法指导】

批复的正文一般由三个部分组成：事由、事项、结束语。

一、事由

批复的事由即正文开头部分，通常要引述请示作为批复的依据。引述的方法可以结合请

示的日期引述，如"×年×月×日来文收悉"；可以结合请示的日期和发文字号引述，如
"×年×月×日×号文收悉"；可以引请示日期和请示名称，如"×年×月×日《关于……的
请示》收悉"；也可以引述请示名称和发文字号，如"《关于……的请示》（×××〔200×〕
××号）收悉"。不管如何引述，都必须明确该批复所针对的请示，并用一句话概括。

　　二、事项

　　事项是批复的主体。这部分应针对下级机关请示的事项表示态度，不同意应给出理由，
同意则提出相关建议与要求，概括说明方针、政策以及执行中的注意事项，以指导下级机关
的工作。

　　三、结束语

　　结束语是批复正文的最后部分。它的写法有三种：第一种是提行写"此复"或"特此批
复"；第二种是写希望和要求，给执行请求事项的答复指明方向；第三种是秃尾，就是请示
事项答复完毕就告结束，此种结尾方法使用的频率越来越高。

【文案示例】

宜宾市物价局文件

宜市价〔2005〕199 号

关于调整江安县地方电网部分电力销售价格的批复

江安县物价局：

　　你局《关于调整我县部分电力销售价格的请示》（江价〔2005〕44 号）收悉。根据《四
川省物价局转发〈国家发展改革委关于华中电网实施煤电价格联动有关问题的通知〉的通
知》（川价发〔2005〕91 号）精神，结合你县实际以及县政府意见，经研究，同意适当调整
你县地方电网部分电力销售价格。现将有关事项批复如下：

　　一、你县居民生活、农业生产、农业排灌、化肥生产电价不作调整。

　　二、调整后的销售价格如下所示。

　　1. 非居民照明电价调整为 1.030 元/kWh。

　　2. 非、普工业电价调整为：公变用户 0.745 元/kWh，专变用户 0.735 元/kWh。

　　3. 实行丰枯、峰谷的大工业（315kVA 以上）基本电价调整为 0.629 元/kWh。

　　4. 商业电价调整为 1.180 元/kWh。

　　5. 自来水动力用电调整为 0.629 元/kWh。

　　6. 街道路灯用电调整为 0.724 元/kWh。

　　三、上述价格从 2005 年 7 月抄见电量起执行。

　　此复

宜宾市物价局（章）

二〇〇五年七月二十八日

【思考讨论】

　　这则批复的正文在写法上有什么样的特点？写好批复应当注意什么？为什么批复在表明

态度以后还需要文字说明？

【简析提示】

本例批复的正文在写法上的特点包括以下几个方面。

（1）针对性强。发文机关宜宾市物价局的这则批复是针对江安县物价局《关于调整我县部分电力销售价格的请示》（江价〔2005〕44号）行文的。

（2）概括性强。事由"你局《关于调整我县部分电力销售价格的请示》（江价〔2005〕44号）收悉"一语概括，绝不多字。

（3）政策性强。该批复态度明朗，"同意适当调整你县地方电网部分电力销售价格"，但表态又极其谨慎，是"根据《四川省物价局转发〈国家发展改革委关于华中电网实施煤电价格联动有关问题的通知〉的通知》（川价发〔2005〕91号）精神"做出的。批复要有足够的政策依据，这是公文写作的原则性；并能"结合你县实际以及县政府意见"，体现公文处理的灵活性；最终"经研究"决定表示同意，并"将有关事项批复如下"，表现出行政管理部门在公文写作上言必有据、公文处理上周密细致的特点。

要写好批复，应当注意以下几点。第一，要核实请示缘由的真实性，研究请示所提意见或建议的可行性，有些情况应先作调查研究；第二，凡请示事项涉及其他部门或地区的问题，批复前都要与其协商，取得一致意见；第三，及时批复，以免贻误工作。对不按行文的正常渠道办理或一文多头的请示，应予以纠正，以免误事。

批复在表明态度以后，最好能够用必要的文字说明同意后的要求或者不同意的理由，因为批复的目的是指导下级机关的工作，因此在行文中应当概括地说明方针、政策以及执行中的注意事项。

答复请示事项针对性要强，答复要明确具体，简明扼要，表达要准确无误。

【单项实训】

1. 为学校、班级等部门所请示的某一事项写一份批复，要求有眉首、主体、版记，内容正确，格式完备。

提示：为成立演讲辩论小组、进行电力科技创新研究活动、要求进行暑期实践活动、建设电力学生网站、邀请省市作家来校文学讲座、召开学代会、创办电力广告创业公司、申请外出参加科学考察活动经费等向有关方面的请示做出批复。

2. 试指出以下批复中存在的毛病，并加以修改。

关于要求拨给抢修校舍专款请示的批复

某教〔2005〕8号

某镇教育办：

你们的请示收悉。这次强台风的破坏，使你镇校舍损失惨重，造成许多班级无教室上课。经研究，可考虑拨专款15万元以给你镇抢修教室，不足部分请自筹解决。

此复

某县教育局

二○○五年七月三日

第六节 函

【写法指导】

函的正文一般由三个部分组成：事由、事项、结束语。

一、事由

事由是函的开头部分，主要用来说明发函的根据、目的、原因等。如果是复函，则先引用对方来函的标题、发文字号，然后再交代根据，说明缘由，常用一些套语过渡到下一部分，如"现将有关情况说明如下"、"现就有关问题函复如下"等。

二、事项

事项是函的主体部分，有关某项工作展开商洽、有关某一事件提出询问或作出答复、有关事项提请批准等主要内容，都在这一部分予以表达。

三、结束语

结束语是结尾部分，向对方提出希望或请求。或希望对方给予支持和帮助，或希望对方给予合作，或请求对方提供情况，或请求对方给予批准等。最后，另起一行以"特此函商"、"特此函询"、"即请函复"、"特此函达"、"特此函复"等惯用结语收束。

【文案示例】

国家核安全局文件

国核安函〔2003〕32 号

关于发放江苏省电力建设第一工程公司核承压设备安装资格许可证的函

江苏省电力建设第一工程公司：

根据《民用核承压设备安全监督管理规定》（HAF601）及其实施细则（HAF601/01）的规定，我局审查了你单位提交的核承压设备安装资格许可证更换申请书和申请文件的最终版。审查结果表明，你单位在相关核承压设备安装方面，基本具备《民用核承压设备安全监督管理规定》第 11 条要求的各项能力，我局决定向你单位发放《中华人民共和国民用核承压设备安装资格许可证》证书〔国核安证字 A（03）03 号〕及其附件《江苏省电力建设第一工程公司核承压设备安装资格许可证条件》，该附件是资格许可证的组成部分，具有同等法律效力。

国家核安全局（章）

二〇〇三年四月十一日

主题词：核安全 许可证 函

国家核安全局

2003 年 4 月 11 日印发

【思考讨论】

这则函在正文的写法上有什么特点？可以用批复的形式来写吗？为什么？函与批复有什么不同？

【简析提示】

本例是一则发函，就发放江苏省电力建设第一工程公司核承压设备安装资格许可证一事向该公司去函。正文首先说明发放该许可证的依据，体现了办事的原则依据；其次告知经审查通过后，同意发放该证，体现了函在写法上行文简洁明确，用语把握分寸的特点。

函是不能用批复的形式来写的。因为函是平行文，批复则是下行文。函与批复的区别主要体现在以下两方面。

首先，它们的用法不同。函是用来相互商洽工作、询问和答复问题，向有关主管部门请求批准的。批复是专门用来答复请示事项的。函有发函与复函之分，复函是用于回复不相隶属机关来函提出的事项。批复则是用来批准答复下级机关的请示。从使用范围来看，函比批复更广泛，使用更灵活。

其次，它们的行文关系不同，所产生的作用也不同。函是平行文，用于不相隶属关系。批复是下行文，用于上下级关系。批复的作用仅限于有隶属关系或业务主管关系的上级对所管辖的机关单位行文，准与不准的态度鲜明，往往具有通知和指示的性质，它只能是下行文。而函的答复更多为平级行文，内容多用于商洽、联系或答复咨询，一般情况都是平行文。

【单项实训】

1. 为学校、班级等部门对外联系、商洽、答复某一事项写一份发函或回函，要求有眉首、主体、版记，内容正确，格式完备。

提示：向有关单位就联系毕业生就业顶岗实习、商洽召开电力毕业生专场校园供需见面会、邀请前来毕业生供需洽谈、询问电力学校学生公寓收费标准、洽谈开设电力论坛活动、组织广告创意大赛等事宜进行公函处理。

2. 修改下面一份函。

××电力职业技术学院关于安排毕业生实习的函

市电力局××供电所：

为提高学生的实际工作能力，我校电力营销专业 10 名学生拟于 5 月 9 日到贵所实习一个月，希望得到你们的大力支持。

2003 年 4 月 9 日

3. 阅读下面这封给客商的信函内容，把口头语言改成书面语言。

××贸易公司：

×月×日来信和随信寄来的××订单一份，我们都已收到了。从来信中我们了解到你公司提出了增订××货物的要求，真对不起，我们很难答应你们的要求，至少在目前不能向你们提供。但请你们放心，以后供应情况如果有可能改善的话，我们一定会告诉你们的。

2006 年 6 月 19 日

4. 阅读下面材料，起草一份复函。

关于商请联合举办英语培训活动的函

外语部：

在北京申办奥运成功之后，北京市民学习外语的热情日益高涨，同时，其他城市的居民受此鼓舞，也有很多人开始对外语学习表现出浓厚的兴趣。可以说，"外语热"正由北京渐及全国。与此相对照的是，根据我们的了解，目前国内专门针对成人的外语教学严重滞后，高质量的教学资源更是十分欠缺，远远不能满足人们的实际需要。为此，我们拟与贵部联合举办"旅游英语"、"生活英语"培训活动，在北京开办教学辅导班，同时充分利用我校的教学资源，面向全国推广发行。我们认为，此项活动如果能够成功举办，将会取得较好的社会效益和经济效益。

上述意见妥否，请研究函复。

继续教育处（章）

二〇〇×年×月×日

某学院外语部收到上述来函，经研究，基本同意商洽事项，但还有下述事项需要商洽，如需要对方提供详细的活动方案，而活动方案应对活动的具体步骤、措施等作出安排，并且双方就有关事宜进行协商后需要签订项目合作协议等。请你根据上述内容要求，代为学院起草一份复函。

第七节 会 议 纪 要

【写法指导】

会议纪要是一种记载和传达会议基本情况或主要精神、议定事项等内容的规定性公文。会议纪要具有指导性、纪实性、概括性的效果。

会议纪要的分类，就性质可分为办公室会议纪要和专项会议纪要；就表述形式可分为决议式纪要、概述式纪要和记录式纪要；根据内容可分为决议性纪要和综合性纪要。

会议纪要的结构分标题、正文、落款三部分。

一、标题

会议纪要的标题一般由会议名称和文种两项构成。

二、正文

正文包括前言、主体、结尾三项内容。

1. 前言

概括交代会议的名称、时间、地点、参加人、主持人、会期、形式等组织情况，说明主要议题，过渡语用"现将这次会议讨论的主要问题综述如下"。

2. 主体

主体是会议纪要的核心内容，主要反映会议情况和会议结果。写作时要注意紧紧围绕中心议题，把会议的基本精神，特别是会议形成的决定、决议，准确地概述清楚。

3. 结尾

即会议纪要的结束语，一般是向收文单位提出希望和要求，有的会议纪要没有结尾部分，主体内容写完，全文就结束。

三、落款

包括署名和时间两项内容。署名只用于办公室会议纪要，署上召开会议的领导机关的全称，下面写上成文的年、月、日期，加盖公章。一般会议纪要不署名，只写成文时间，加盖公章。

【文案示例】

热电专业委员会文件

"内部挖潜、节能降耗、提高热电厂综合经济效益经验交流会"会议纪要

中共中央十六届五中全会精神,宣传国家发展改革委员会组织编制的《区域热电联产工程实施方案》,倡导热电企业走科技兴厂自我革命,向科技进步与管理要效益,中国电机工程学会热电专业委员会于 2005 年 10 月 26~27 日在杭州组织召开了"内部挖潜、节能降耗、提高热电厂综合经济效益经验交流会"。

国家能源领导小组办公室政策组曾红燕处长、浙江省经贸委电力处吴光中处长、浙江省电力公司张承来处长、浙江省能源协会胡淼龙理事长、甘肃省计经委电力处康安东处长和杭州锅炉厂、浙江、江苏、山东、河北、湖北、河南、安徽等省市热电企业的代表近 140 人参加了会议。

国家能源办曾处长讲话中首先介绍了国家能源办的组建情况,同时告知能源办领导同志最近对热电的事情很关心,这次安排她来参会就是向大家学习,听取大家对发展热电联产的要求与建议,今后她还准备到一些热电厂进行实地调查。浙江省的几位领导介绍了浙江省国民经济发展的大好形势,电力工业的发展和鼓励支持热电联产的一些做法。

为开好本次会议,热电专委会请搞的比较好的四个热电厂准备了书面材料,并编辑出版了"经验交流会会议资料"发给与会代表。四份书面材料分别为:①《以"两低两高"为目标加快节能技术改造》——嵊州新中港热电有限公司;②《热电联产是建立在节约型社会一项重点工程》——安徽新源热电有限公司;③《实施四个整合、推动清洁生产、推动企业持续发展》——青岛热电集团;④《立足供热强化企业核心竞争力》——杭州杭联热电有限公司。

热电专委会王振铭同志向大会介绍了国家发改委能源局组织制定的《区域热电联产工程实施方案》和一些最新信息,杭州锅炉厂等厂家介绍了一些新产品、新技术的有关信息。

应国家能源办政策组曾处长的要求,浙江省发改委组织浙江省电力公司、省经贸委、省物价局和部分热电厂领导参加的座谈会。会议过程中还组织了参会的部分热电企业负责人进行座谈,会议中还发放了"热电企业调查表"对热电厂 2004 年和 2005 年 1~9 月实际运行情况进行调查。

会议还组织了与会代表赴嵊州新中港热电有限公司进行实地考察,并现场组织座谈会进行深入地讨论。

很多代表表示,本次会议时间虽短,但收获不小,是一次务实的经验交流会。尽管目前遇到了很大困难,但只要我们振奋精神,坚持科技是生产力,在国家鼓励支持发展热电联产的政策引导下,热电联产将会得到更好的发展。

热电专业委员会(章)

二〇〇五年十月二十八日

【思考讨论】

这篇会议纪要的正文在写作上有什么特色？体现了会议纪要在写作上什么样的特点？会议纪要与会议记录有什么样的不同？

【简析提示】

本例会议纪要是中国电机工程学会热电专业委员会于 2005 年 10 月 26～27 日在杭州组织召开"内部挖潜、节能降耗、提高热电厂综合经济效益经验交流会"时形成的会议文件。纪要内容翔实，重点突出，用精练的语言概述了参会人员代表、国家能源办曾处长的讲话、热电专委会书面材料的编辑与发放、热电专委会王振铭同志及杭州锅炉厂等厂家向大会所作的最新信息介绍与通报、会议组织的座谈会、实地考察、现场讨论等。会议时效性强，10 月 26、27 日召开的会议，10 月 28 日纪要就印了出来了，全面、准确、真实地反映了会议内容。

这篇例文体现了会议纪要在写作上有以下一些特点。

（1）纪实性。会议纪要必须是会议宗旨、基本精神和所议定事项的概要纪实，不能随意增减和更改内容，任何不真实的材料都不得写进会议纪要。

（2）概括性。会议纪要必须精其髓，概其要，以极为简洁精练的文字高度概括会议的内容和结论。既要反映与会者的一致意见，又可兼顾个别同志有价值的看法。有的会议纪要，还要有一定的分析说理。

（3）条理性。会议纪要要对会议精神和议定事项分类别、分层次予以归纳、概括，使之眉目清晰、条理清楚。

（4）指导性。会议纪要应当传达会议情况、会议精神，要求与会单位和相关部门以此为依据展开工作，落实会议的议定事项，具有指导工作的作用。

会议纪要与会议记录的区别主要体现在以下两方面：

（1）性质不同。会议记录是讨论发言的实录，属事务文书；会议纪要只记要点，是法定行政公文。

（2）功能不同。会议记录一般不公开，无须传达或传阅，只作资料存档；会议纪要通常要在一定范围内传达或传阅，要求贯彻执行。

【单项实训】

1. 参加学校、科系、班级等组织的会议，记录会议内容，并为会议拟写一份会议纪要，要求有眉首、主体、版记，内容正确，格式完备。

提示：如自学考试经验交流会、大学生创新能力培养调研会、毕业生就业创业交流会、商洽召开电力毕业生专场校园供需见面会、邀请前来毕业生供需洽谈、询问电力学校学生公寓收费标准、洽谈开设电力论坛活动、组织广告创意大赛等事宜进行公函处理。

2. 把下面这份会议记录改写为会议纪要。

××市电力公司安委会 2006 年第二次扩大会议记录

时间：2006 年 5 月 15 日

地点：会议室

主持人：公司副经理××

记录人：××

到会人员：经理××、副书记××、副经理××、副经理××、经理助理××

　　　　所属各单位负责人、公司各处室的负责人

　　　　××县电力公司经理

未到会人员：××发电有限责任公司经理

会议内容：

　　我市电力公司安委会2006年第二次扩大会议现正式开始，首先由××经理为我们讲话。

　　××经理：1）传达省公司防汛防台电视电话会议精神、国网公司农电安全电视电话会议精神。2）2006年一季度公司的安全生产工作总结。3）今年的迎峰度夏工作要求。

　　安监处：1）公司一季度安全生产、交通、消防及电力设施保护情况分析。2）公司防汛防台的有关准备工作汇报。

　　公司春季安全检查组：安全检查情况工作报告。

　　基建处：迎峰度夏工作的准备情况及打算。

　　生产处：（发言）

　　营销处：（发言）

　　××电厂：（发言）

　　××工区：（发言）

　　××供电所：（发言）

　　公司副经理××：会议总结。

　　散会。

主持人：（签名）

记录人：（签名）

3. 根据下面提供的材料写一篇会议纪要。

　　我校为了提高毕业生的就业率，进一步扩大学校在社会上的知名度，于×年×月×日在校多功能厅召开了毕业生就业工作会议，参加人员有教学、教务、行政、后勤等各部门主要领导。

　　会议认为，必须提高认识，高度重视毕业生的就业工作。毕业生的就业率直接影响到学校在社会上的地位和知名度，从而影响到招生工作，各部门都要尽心尽力做好毕业生的就业工作。这一工作是全校所有教职员工的工作，毕业生就业率的高低决定着一个学校能否顺利地向前发展。

　　会议强调，要加强对毕业生就业的推荐和指导工作。各部门要齐心协力，与各银行和金融机构沟通，建立长期合作关系，进一步加强与各企业的合作交流，以毕业生的实习促进就业率的增长；同时，要加强对毕业生的就业指导工作，在心理、技能等各方面加强培训。

　　会议指出，今年是就业形势较严峻的一年，各部门要把即将到来的毕业生就业工作放在首位，以直接负责部门为主，其他部门全力支持，促进就业方向的多元化。

4. 国家电网公司总经理工作部于2003年9月12日印发国家电网公司总经理赵希正发布1号令：《关于加强调度管理确保电网安全稳定运行的规定》自2003年9月12日起施行。文件主送公司系统各单位；抄送中国南方电网有限责任公司、中国华能集团公司、中国大唐集团公司、中国华电集团公司、中国国电集团公司、中国电力投资集团公司。请据此内容写出该文件的版记部分。

提示：包括主题词、抄送机关、发文机关、印发时间等部分。

【单元实训】

1. 进入情境，请代为解决实际问题。

（1）某供电局因各县（市）、区的业扩杂项收费项目及收费标准问题在执行中难以把握。请问，该如何处理这一问题？标题该如何拟写？

（2）为规范农村供电所的零星业务扩充工程服务价格行为，促进农电事业发展，某供电所拟稿请求上级主管部门核定该市农村供电所零星业务扩充工程服务价格标准。请问，该文件题为《关于请求继续执行供电所零星业扩工程服务价格标准的报告》是否合适？如有不当之处，如何改正？

（3）为解决房山区农村低压电网设备运行中存在的问题，消除农村低压电网运行安全隐患，某供电公司拟报送 0811 消隐二期农网低压改造工程项目。请问，该公司应使用什么文种的公文报送该项目？标题该如何拟写？

2. 阅读下面材料，进行应用文写作。

（1）某发电厂因主机变电高压断路器投运年久，磨损严重，已无修复价值，因而于 2003 年 5 月 18 日向其所属省电力公司备文申请报废。请代为拟写一份申请报废的公文，文种、内容、格式均要正确。

（2）2004 年 9 月 28 日，中国电力企业联合会、中国水利电力质量管理协会联合发文，表彰绍兴电力局等 6 家企业荣获 2004 年全国电力行业质量管理奖。该奖项是根据中国水电质协《全国电力行业质量管理奖评审办法》和《全国电力行业质量管理奖评审标准》（水电质〔2004〕2 号）文精神，由企业自愿申报，经水电质协对申报材料进行初审和组织专家对有关申报企业进行现场评审的基础上，通过全国电力行业质量管理奖评审委员会审定而作出决定的。请以此为材料，以中国电力企业联合会、中国水利电力质量管理协会为行文主体写一份公文，要求以文件格式写作，文种正确、格式规范、语言简明。

（3）200×年 8 月 4 日，某市电力局为保证电网的安全稳定运行，需要市区各企业自觉实行错峰用电，各商业用户（包括宾馆饭店、大型商场、超市、娱乐场所等）自觉执行避峰让电。同时，对于一些轮休线路供电的工业用户，按规定于 8 月 5 日和 8 月 6 日实行厂休。在执行这样一些措施以后，如果用电需求仍超出计划负荷，则要对一些线路采取紧急拉电。为使这些线路供电范围内的有关客户予以谅解并提前做好准备，市电力局特别发文告示用户。请以此为材料写一则公文，并采用文件格式，文种正确、格式规范、语言简明。

（4）某火电厂为促进电力工业的可持续发展，加快火电厂二氧化硫污染防治步伐，引导和规范火电厂烟气脱硫产业化发展，就火电厂烟气脱硫产业化发展进行了调查研究，并提出相应的配套措施和政策建议。请据此材料向其所属的电力局行文汇报工作，文种自定。

3. 阅读下面材料，进行应用文写作，要求内容格式正确完备。

为推进电力营销技术及产品的应用，研讨我国电力营销管理存在的新情况、新问题和新要求，交流企业间电力营销技术与管理经验，介绍电能计量、电力营销自动化与信息化、远程抄表、用电管理等新技术、新产品，提升我国电力营销现代化管理水平，在国家电网公司营销部和中国南方电网有限责任公司市场交易部的支持下，中国电力企业联合会科技服务中心定于 2005 年 9 月 19~21 日在上海召开"2005 年全国电力营销技术与管理研讨会"。会议邀请从事相关技术的单位参加此次会议，由中国电力企业联合会科技服务中心负责会务工作。

　　要求：

　　（1）请以中国电力企业联合会科技服务中心为行文主体，向中国电力联合会发文请求举办本次会议。

　　（2）请代表中国电力联合会撰文作出回复。

　　（3）请代拟一份会议通知。

　　（4）请给国内电力营销管理的专家发一份邀请函。请注意语言的恰当得体与礼貌。

第三章　信息类文书

第一节　消　　息

【写法指导】

一、标题

消息的标题，分眉题（又称引题、肩题）、正题（又称主题、母题）和副题（又称辅题、子题）。出现在报刊上的标题有如下几种情况。

1. 多标题

由引题、正题、副题构成。中间一行是正题，是标题的核心，用来揭示主题或提示重要事实；正题上面一行是眉题，用来引出正题，说明事实，交代背景，烘托气氛，揭示含义；正题的下面一行是副标题，用来补充说明情况或说明正题或依据。

2. 双标题

有两种情况：或者由引题加正题构成，或者由正题和副题构成。

3. 单标题

只有正题，用一句话概括出消息的主要事实。

二、导语

消息的导语，就是消息的第一段或第一句话。它是由消息中最新鲜、最主要的事实或精辟的议论组成，以吸引读者。平常所说的消息的结构是"倒金字塔"式，原因就在于此。常用的导语写法有以下几种。

1. 叙述式

用摘录或综合的方法，把消息中最新鲜、最主要的事实简明扼要地写出来。

2. 描写式

对消息的主要事实或某一有意义的侧面作简洁朴素而又有特色的描写，以酿成气氛。

3. 提问式

先揭露矛盾，鲜明地、尖锐地提出问题，再作简要的回答，引起读者的关注和思考。

4. 结论式

把结论写在开头，提示报道某一事物的意义或目的或总结。

5. 号召式

提出号召，给读者指出方向和奋斗目标。

三、主体

主体是消息的主要部分，它承接，阐述所揭示的主题，或回答中提出的问题，对消息事实作具体的叙述与展开。写主体要注意如下几点，即主干突出；结构严谨，层次分明。

四、背景

背景是指事件发生的历史环境和原因，它说明事件发生的具体条件、性质和意义。为充实内容，烘托和突出主题服务的背景既可在主体部分出现，也可在结尾部分出现，位置不固定。背景材料一般有以下三类。

1. 对比性材料

即对事物进行前后、正反的比较对照，以突出事件的重要性。

2. 说明性材料

即介绍政治背景、地理位置、历史演变、生产面貌、物质条件等。

3. 诠释性材料

即人物生平的说明，专业术语的介绍，历史典故的解释等，以帮助读者理解消息的内容。

五、结语

结语是消息的最后一段或一句话，阐明消息所述事实的意义，使读者对消息的理解、感受加深，从中得到更多的启示。消息的结尾方式有小结式、评论式、希望式等。有的消息，事实写完，文章就止住了，结尾就在事实之中。

【文案示例】

浙江电力发布 2007 年社会责任报告

本网讯　通讯员　赵军宝　报道　浙江省电力公司 7 月 3 日发布 2007 年社会责任报告。作为《国家电网公司履行社会责任指南》实施后，第一家发布企业社会责任报告的网省公司，省电力公司此举有利于更好地宣传国家电网公司履行社会责任的表率形象，进一步推动国家电网公司系统社会责任工作的深入开展。

据悉，省电力公司也是国家电网公司系统中第一家发布社会责任报告的网省公司，公司曾于去年 2 月份发布了《2006 年履行社会责任情况报告》。

作为社会高度关注的公用事业企业，省电力公司党组高度重视企业社会责任工作，为此专门成立了社会责任工作领导小组，全面负责省电力公司系统履行社会责任工作。《国家电网公司履行社会责任指南》发布后，省电力公司党组要求系统各单位认真学习，积极组织实施，并按照《指南》的要求，启动了省电力公司 2007 年社会责任报告的编制工作。

此次发布的《国家电网浙江公司 2007 年社会责任报告》共 4 万余字，主要由总经理致辞、公司价值观、公司治理、公司社会责任模型、12 个方面的社会责任、展望 2008 年等 7 大章节组成，报告着重介绍了省电力公司的社会责任理念和 2007 年的社会责任实践。与前一份报告相比，本次报告增加了公司治理、社会责任指标、利益相关方参与等内容，信息披露更加完整。

作为关系浙江能源安全和国民经济命脉的国有重要骨干企业，省电力公司积极履行科学发展、安全供电、卓越管理、科技创新、沟通交流、国际运营、优质服务、员工发展、合作共赢、服务三农、环保节约、企业公民责任，提高利益相关方的满意度，为浙江经济社会发展和人民生活提供坚强的电力保障。

2007 年，省电力公司完成固定资产投资 141 亿元、主营业务收入 938.87 亿元，实现售电量 1778 亿 kWh，投产 110kV 及以上输电线路 2816 公里、变电设备容量 1901 万 kVA，全年所有工程百分之百达标投产，安全生产保持良好局面，经济效益创历史最佳。

报告还披露，2007 年，省电力公司积极支持社会公益事业，向社会捐赠 1190 万元，提供应届毕业生就业岗位 880 个，开展志愿者服务 11412 人次。在浙江省"最具社会责任感企业"和"十大国企榜样"等评选中名列前茅。

（选自中国电力新闻网）

【思考讨论】

简述消息的含义、种类与结构。这是一则什么消息？分析这则消息在标题、导语、主体等各部分在写法上的特点。谈谈消息在写作上有什么样的特点？

【简析提示】

消息是一种用概括叙述的方式和简明扼要的文字，尽快报道国内外新近发生的具有一定社会意义的客观事实的新闻报道。消息的种类包括动态消息、经验消息、人物消息、综合消息等，其结构由标题、主体、结尾和背景材料构成。

本例是一则动态消息，采用单标题的形式揭示出消息的基本事实："浙江电力发布2007年社会责任报告"。标题本身是一个主谓宾的句式，这种句式能够简单有效地说明新闻的基本要素："什么人"、"什么事"、"怎么做"或者说"谁""做什么"，把这样一些基本要素讲清了，新闻事实也就清楚了。本篇导语是最常见的叙述式导语，总共两句话，前一句交代基本的新闻事实，后一句阐述这一新闻事实的意义，写得概括而明了。主体部分较为详细地介绍了浙江省电力公司发布社会责任报告的相关具体情况，介绍了这一做法的特殊意义（"是国家电网公司系统中第一家发布社会责任报告的网省公司"）、历史（"公司曾于去年2月份发布了《2006年履行社会责任情况报告》"），本次报告的主要内容等。为了拓展消息报道的深广度，作者同时挖掘了这一新闻事实背后的背景材料，如2006年与2007年构成的对比性材料；浙江省电力公司作为关系浙江能源安全和国民经济命脉的国有重要骨干企业的经济地位、状况、效益方面的说明性材料等。这些材料的运用，极大地充实了消息的信息量，多方面多层次地向读者展示出报道对象的各个侧面，满足读者的求知欲。消息的结语用该电力公司在2007年积极支持社会公益事业的实际成效及其社会责任在公众中形成的良好形象来结束全篇，一方面用数据事实来说明该电力公司积极承担社会责任所产生的良好效果，另一方面用该公司"在浙江省'最具社会责任感企业'和'十大国企榜样'等评选中名列前茅"这一实绩，表明近两年来发布社会责任报告所取得的积极的社会形象。这些文字充分体现了动态消息在写作上的特色，即主题集中、一事一报、篇幅短小、文字简练。

全篇体现了消息写作的基本特征，即用事实说话、内容真实、事实准确、报道客观、迅速及时、时效性强、叙述简明准确、篇幅短小等。

【单项实训】

1. 为学校报刊发一则动态消息，要求标题、导语、主体等各部分内容写作合乎要求。

提示：如对运动会、球赛、征文、辩论赛、技能比赛、业余党校开班、各大社团新招人员、学术讲座报告、就业指导开班、创业设计大赛等各种信息的报道。

2. 根据材料拟写标题及导语。

6月1日14：00在公司启明楼五楼会议大厅，舟山市电力公司经理张永明就舟山市电力公司2006年春季暨迎峰度夏安全大检查自查情况向省公司安全检查组进行汇报。随即，省公司农电工作部主任钟新华带领检查组人员即下基层各单位进行安全大检查。6月2日上午10：30，检查组将本次检查的情况从人身安全、生产设备、安全管理、教育培训、调度管理、继电保护与自动化、信息管理、农电安全、用电安全九个方面进行了反馈。钟新华主任代表省公司安全检查组作了重要讲话，并对我公司在安全管理工作方面所取得的成绩作了肯定，勉励我公司继续努力，取得更大成绩，同时要求将本次省公司检查后所下达的整改内容进行闭环管理。张永明经理代表公司向省公司检查组表示一定以认真负责的态度落实本次大检查的整改项目，进一步夯实安全生产基础。

第二节　通　讯

【写法指导】

通讯是以叙述、描写为主要表达方式，将具有新闻价值的人物或事件及时、具体、生动地予以报道的新闻体裁。

通讯种类主要有人物通讯、事件通讯、工作通讯、概貌通讯、新闻故事、小通讯等。

在撰写通讯时需注意以下几点。

一、注重选材

占有材料对通讯写作来说就是通过扎实细致的采访广泛搜集第一手材料。随后在纷繁的直接材料中剥离出典型材料、背景材料。这些材料不仅要求真实，而且要有意义，具有典型性、指导性，同时还要有意味，具有具体、完整、感人的生动性、情节性。

二、提炼主题

在选材基础上根据深和新的原则提炼主题，通讯才可能呼应社会关注热点，反映时代风尚特点，宣传党的路线方针，从而以正确的舆论引导人，以先进的人物激励人，以真实的事件震撼人。然而通讯写的是真人真事，其主题必须从实际生活中提炼而来，不能随意"拔高"，更不能虚构夸大，它永远不能违背新闻的真实性原则。

三、写人生动

事因人生，人以事观。人与事虽不可分，但在人物通讯与事件通讯中的确有以人为主和以事为主之别，为叙述方便故而分之。

写人在文学创作中已积累丰富经验，在"非虚构"的原则下，我们不妨借用其多种手段，并注意以下三个方面：第一，形与神兼备。即不仅要写出人物的行为和事迹，更要展示其精神世界；第二，言与行统一。人物语言、行为表达、传递出人物的思想，而不同的语气、句式、词汇及动作表情、神态等是极富个性色彩的内心表露形式。写好了人物的言与行，无疑是写活了人；第三，画龙必须点睛。如果说言行、事例、情节勾勒出人物的整体形象称为"龙"，那么揭示人物行为意义，指出人物个性特点的评点便是"睛"。"画龙"用的是纪实的叙述、描写，"点睛"则是超脱的议论或抒情。

四、叙事得法

通讯离不开写事，事件通讯更须完整地叙述事件的起因、人员、场面、结果等，以交待事件的复杂性和社会影响度。叙事要注意两点：第一，理清主线、丰满细节。一个新闻事件的发生、发展过程中，有因有果，有人有事，头绪多而关系复杂，作者须理清主线，按事件原貌将其完整地、动态地、立体地呈现给读者。而为实现这一目标，就须选择典型的细节。一篇优秀的事件通讯，必然有几个生动感人的细节来充分展示主线，使作品丰满而具现场感。第二，时间为经、空间为纬。通讯须有一定的时间要领，因为事件、故事总在于一定的时间和空间中。

组织好时空画面既是一个结构问题也是一个表达方法问题。篇幅不长而情节不太复杂的事件通讯可多运用插叙、补叙、分叙等手段,充分展开矛盾和利用背景材料,使文章有变化起伏。容量大而情节复杂的事件通讯则常常运用时空交叉方式,以时间推进、空间变换等手段来切割事件,构成若干侧面。经过作者精心的组合剪辑将事件完整而利落地报告于世。

五、结构巧妙

通讯的结构形态多种多样,不像消息那样有既成的模式。通讯写作,在结构上要遵循以下原则:①结构要服从主题的需要。②线索清晰,主次分明。文章的开头结尾、层次段落、线索脉络、主次详略都有交代照应。③结构新颖,布局独特。通讯的结构要巧妙新鲜,波澜起伏,引人入胜。为此,作者要布局谋篇,"在落笔之先,必经营惨淡"。在通讯的写作中,结构的安排是其最具创造性的环节之一。

【文案示例】

国华电力自主创新奠基 "中国创造"

"国华电力要准确定位开展自主创新的方向,确保科技创新工作服务于主业,切实解决公司生产、基建、经营过程中的重大技术问题。"在国华电力首届科技大会上,公司总经理秦定国提出,必须把提高自主创新能力作为提高企业整体竞争力的中心环节,从科技创新中寻找新的发展机遇和发展动力。

在我国大力推进自主创新、全面建设创新型国家政策指引下,国华电力近年来勇担国有企业社会责任,在淡水开发、发电控制技术、水资源节约以及电网安全技术等方面不断加大科技创新力度,锐意进取,成果显著,在多个领域为电力行业重大技术装备实现"中国创造"提供了强有力支持。

国华开创科技开发新模式

科学技术是第一生产力,自主创新是第一竞争力。企业从粗放经营到集约经营,从高消耗、高污染到节约资源、清洁生产,实现又好又快发展,都取决于自主创新。

在火电新技术研究开发上我国一直落后于发达国家,关键技术长期依靠进口,各项技术指标、经济指标与国际先进水平存在着较大差距。作为我国电力国企中的新锐力量,国华电力坚持走"技术含量高、经济效益好、资源能耗低、环境污染小、人力资源合理配置与充分发挥"的新型工业化道路,积极参与国家"技术创新引导工程",依靠科技进步,推动技术创新,增强企业的竞争力和抗风险能力。

记者从国华电力科技信息部了解到,国华电力创新了"以企业为主体、产学研用相结合"的科技开发模式,与高校、设计院、制造商和建设单位共同开发新设计、新设备、新技术,独创性地提出"共同研发、共享成果、独立使用"理念,取得了显著成效。

据了解,国华电力自主研发的大机组脱硫脱硝、海水冷却塔、烟塔合一、直接空冷、海水淡化、长距离输电等技术,推动了国家电力事业向更高层次发展,设计、研究、设备制造和工程建设单位通过项目得到长足发展,获得了经济效益。对于国华电力而言,通过工程实践获得相应设计技术、技术标准,构筑了国华电力的基本技术底蕴,奠定了实施专业化管理的基础。

科技创新　全面助力"大火电"

国华电力始终认为，企业是将知识转化为生产力的关键因素，企业的自主创新是"中国创造"的主战场。科技创新，使国华电力在建设高效率、高参数、大容量火电机组过程中保持了技术领先，同时也为构建"本质安全型、质量效益型、科技创新型、资源节约型、和谐发展型"现代企业夯实了基础。

电厂在生产运行中需要大量的淡水，但国华黄骅电厂所在的河北省黄骅港开发区淡水资源严重短缺，面对着辽阔的渤海却苦于无水可用。对此，国华电力投入大量资金，建立水电联产模式，采用最先进的大型海水淡化装置制取淡水，不开采宝贵的地下淡水，实现了海水资源的高效利用。

国华电力依托黄骅二期海水淡化工程，通过对低温多效海水淡化技术的研究，从低温多效海水淡化机理、系统实验上进行研究开发，形成具有自主知识产权、高效低耗的低温多效海水淡化技术，为国内海水淡化用户生产海水淡化设备。

60万kW及以上大型火力发电机组，已成为当今火电建设的主流。但是我国在60万kW及以上机组国产DCS没有工程实践经验，这已成为制约我国电力装备制造业振兴和发展的瓶颈。

为使60万kW火电机组拥有"中国脑"，国华锦界4×60万kW工程项目坚持走火电机组装备国产化之路，针对"60万kW机组国产化DCS系统的研发与应用"课题展开专项研究，开创了煤电一体化项目关键装备国产化过程中"产学研用"相结合的先河，最终实现了国产大型DCS系统在60万kW机组上的成功应用，标志着我国自动化控制技术已与国际接轨。

为解决北方富煤缺水地区建电厂的矛盾，我国自20世纪末开始研究建设大型直接空冷机组。然而，目前建设的绝大多数机组空冷系统的设计和设备供货被国外公司垄断了市场。为推进空冷系统的国产化和产业化进程，国华电力公司牵头，联合厂、学、研（院）共同参加直接空冷系统国产化的关键技术研究，在河北国华定洲发电厂二期工程2×66万kW机组的直接空冷系统上实施设计、设备、施工的全部国产化。国产化工作使国华电力掌握直接空冷系统的核心设计技术和工程管理经验，在直接空冷系统国产化技术上处于国内领先水平。

与目前国内同类、同容量工程相比，国华定洲发电厂二期工程可节省投资2000万至4000万元，缩短设计周期2个月，与湿冷机组相比，节约用水75%左右，带来了良好的社会效益和经济效益。

创新成果产业化　提升价值创造力

近年来，国华电力加大了对科技攻关和技术创新的重视和投入，拥有了一大批具有自主知识产权的自主创新成果，这些成果不仅解决了国华公司基建生产中迫切需要解决技术的问题，而且具备推广应用和产业化的条件。

为什么要进行创新成果的产业化？"实现科技创新成果产业化是国华电力公司提升价值创造力的必须。"国华电力科技信息部负责人表示，随着发电企业间竞争的不断加剧，国华要实现在生命周期内的企业价值、员工价值、社会价值的最大化，也就是"综合规模最大化、质量最优、利润最大化"，必须要考虑经营风险，考虑未来生产单一情况风险补偿的措施，实现科技创新成果产业化。

　　根据"共同研发、共享成果、独立使用"的理念，国华电力为技术创新成果的产业化设计三种模式：

　　一是以工程中心为主体，联合发电公司、设计院、电科院把技术创新成果产业化。如100万kW机组烟气脱硫技术开发成果产业化，工程中心已拥有100万kW机组烟气脱硫核心设计技术，具有自主知识产权，工程中心充分利用拥有的资源，提供百万机组脱硫设计、咨询服务，在此基础上形成服务产业。

　　二是以发电公司为主体，工程中心提供技术，联合制造厂、设计院及风险投资公司把科技成果产业化。如万t级海水淡化技术创新成果产业化、直接空冷技术创新成果产业化。在消化吸收的基础上，工程中心已拥有万t级低温多效海水淡化设备和系统的设计技术，并已在国华沧电二期工程配套国产1.2万t/日的海水淡化设备，这是海水淡化产业化的雏形，在此基础上形成海水淡化技术的产业化，为沧电10万t/日、20万t/日海水淡化提供技术和设备，同时为国华其他电厂及社会提供海水淡化技术和设备。

　　三是以制造厂为主体，工程中心提供技术支持，联合发电公司、设计院、风险投资公司把科技创新成果产业化，如大型电厂经济输电关键技术装置的开发成果产业化。

　　据国华电力科技信息部负责人介绍，推进技术创新成果产业化不仅能够降低国华自身基建成本，提高生产安全性，提高公司应对市场竞争的能力，更重要的是能够带来新的利润增长点。只有将技术创新成果产业化，并且能占有市场，取得经济效益，才能完成真正意义上的技术创新；只有尽早开始产业化，才可以利用高起点、起步快的优势占领市场，在竞争中处于优势地位。

（文/刘启明，选自电力新闻网）

【思考讨论】

　　这是一篇什么种类的通讯？它与事件通讯有什么不同？本篇例文在写作上有什么样的特点？比较通讯与消息在写作上的异同。

【简析提示】

　　本例是一篇概貌通讯，它是以企业的发展、风貌的变化为报道对象的通讯。概貌通讯是以反映社会生活、风土人情、自然风光和日新月异的建设成就为主的一种通讯类型，尤其是改革、开放、搞活所带来的变化，又叫风貌通讯。

　　概貌通讯与事件通讯不同，它不是围绕一个人物或一个中心事件来写，也不要求写一件事发生、发展的完整过程，而是围绕主题集中各方面的风貌和特色来叙述和描写一个地区、一条战线、一个单位、一个点、一个方面的风貌变化，展现时代步伐、企业风貌和人物思想境界的变化。

　　本篇通讯就是以国华电力自主创新为报道对象，从企业的自主创新模式、创新项目、创新成果这三个方面来反映该企业通过自主创新奠基"中国创造"的不凡业绩，用大笔勾勒的方法写出了该企业自主创新的概貌。文章以小标题的形式来结构全篇，按事物性质来组材，属于横式结构。这种结构概括面广，能够变换事物的各个角度来表现对象各个不同的侧面。通讯的结构安排能力最能显示通讯写作的创造能力，本篇通讯即是一个很好的示例。

　　通讯和消息都是以事实为报道的新闻写作，但它们在写作上有许多不同，主要表现在以下方面。

（1）内容上，消息简略单纯，通讯详细丰富。

（2）形式上，消息程式性强，通讯创造性强。

（3）技巧上，消息手法简单，通讯手法多样。

（4）风格上，消息朴实，通讯富有文采。

（5）时效上，通讯不如消息迅速及时。

【单项实训】

采访学校获奖的社团负责人、大赛奖项获得者、指导老师等各方有关人员，写一篇通讯，可以是事件通讯、人物通讯或概貌通讯等，要能传递大容量的信息，鼓舞人心。

提示：如对运动会、球赛、征文、辩论赛、技能比赛、业余党校开班、各大社团新招人员、学术讲座报告、就业指导开班、创业设计大赛等各种信息的报道。

第三节　简　　报

【写法指导】

一、报头

1. 简报名称

一般用套红印刷的大号字体。如有特殊内容而又不必另出一期简报时，就在名称或期数下面注明"增刊"或"××专刊"字样。秘密等级写在左上角，也有的写"内部文件"或"内部资料，注意保存"等字样。

2. 期号

可写在名称下一行，用括号括上。

3. 编印单位

4. 印发日期

写在与编印单位平行的右侧。

二、报核

报核即简报所刊的一篇或几篇文章。简报的写法是多种多样的，因此，它的形式也较灵活。大多数是消息，包括标题、导语、主体、结果和穿插在叙述中的背景材料。除了消息，还有别的文体，所以，不是每篇简报都有这几项内容。报核与报头之间用一条横线隔开。

1. 标题

类似新闻的标题，要揭示主题，简短醒目。

2. 导语

通常用简明的一句话或一段话概括全文的主旨或主要内容，给读者一个总的印象。导语的写法多种多样，有提问式、结论式、描写式、叙述式等。一般要交待清楚谁（某人或某单位），什么时间，干什么（事件），结果怎样等内容。

3. 主体

用足够的、典型的、有说服力的材料，把简报的内容加以具体化。

4. 结尾

或指明事情发展趋势，或提出希望及今后打算。如果主体部分已经把事情说清楚，那就不必再加尾巴了。

5. 背景

即对人物、事件起作用的环境条件和历史情况。背景可以穿插在各个部分。

三、报尾

报尾在简报最后一页下部，用一横线与报核隔开，横线下左边写明发送范围，在平行的右侧写明印刷份数。

【文案示例】

美国电力简报（第15期）

主办：国电（美国）公司

国电信息中心 2006 年 1 月

政策动态

加利福尼亚公用事业委员会拨款 29 亿美元用于促进太阳能建设

加利福尼亚公用事业委员会将为"加州太阳能计划"拨款近 29 亿美元来为下个 10 年内民用、商用和其他公用事业客户提供 3000MW 的太阳能电量。

这项决策在很大程度上反映了美国加利福尼亚州州长阿诺德·施瓦辛格的"加利福尼亚百万太阳房顶"议案。该议案在去年没有被美国立法机构通过。

公用事业委员会将监管"加州太阳能计划"的所有部门，但是不包括新的住宅安装工作，此项工作将由加利福尼亚能源委员会管理。

该项目将不提供目前所适用的前端折扣优惠，而选择基于发电性能的激励优惠措施。此外，该项目所需的资金将通过向私有的公用事业客户收取附加费而获得。

在对该项目的投票表决中，委员会委员 John Bohn 弃权，Geoffrey Brown 投反对票，Rachelle Chong 投赞成票。

信息来源：San Francisco（Platts）

日期：2006-01-12

南加州爱迪生公司关闭老化燃煤电厂

南加州爱迪生公司于去年年底关闭了拉福林市附近一家被认为是环境污染争议焦点的大型燃煤电厂——摩哈维电厂。虽然该电厂为爱迪生公司供应 7％ 的电量，但公司认为 1 亿 3 千万的消费者因为有其他的电力来源而不会立即受到影响。

环境组织在 1999 年赢得法令要求老化的摩哈维电厂更新其污染管控系统或者在 1 月 1 号前关闭。该组织曾经指出：这家距南拉斯维加斯 100 英里（即 160.93km）且发电量为 1580MW 的电厂已经一再地违反了空气清洁法，并造成了科罗拉多大峡谷的雾气。

作为公用事业公司和摩哈维电厂主要的所有者兼经营者，爱迪生公司曾经由于天然气价格的持续攀升而期望继续经营该电厂。其与加利福尼亚公共事业委员会宣布：爱迪生公司打算就保留对摩哈维电厂的经营继续进行协商，但也期望能够数月后将其关闭。环境组织则声明他们不同意最后期限有所拖延。

摩哈维电厂是附近黑岩（Black Mesa）矿山的唯一客户。该矿山由皮博迪能源公司经营，为那瓦霍族人提供了近 160 个就业岗位，但是很有可能将被迫关闭。

那瓦霍地区发言人 George Hardeen 指出：虽然环境组织是出于公众利益而要求关闭该电厂，但是大量要养家糊口的工人将会失业。

环保主义者则认为：虽然他们同情那些部落人，但是爱迪生公司本来有足够的时间来解决电厂的污染问题。爱迪生公司应该投资于部落土地的可再生能源资源以帮助那些被"大峡谷信托基金空气能源计划"总监 Roger Clark 称为"近年来被西部大城市压榨的人们"。

信息来源：energypress

日期：2006-01-04

企业动态

市值 270 亿美国电力巨头横空出世

佛罗里达电力和照明公司将收购联合能源集团公司，一个市值 270 亿美元的电力巨头将横空出世。

美国佛罗里达消息 12 月 19 日，佛罗里达电力和照明公司（FPL）宣布，以 110 亿美元的价格收购联合能源集团公司（CEG）的计划已得到双方董事会批准，这是今年夏天美国国会宣布取消发电公司跨州合并禁令后最大的一桩公用事业并购案。

合并后的大型能源公司，其市值将接近 270 亿美元，来自政府管制和非管制电力市场的业务将各占其总营收约一半的份额。鉴于天然气价格已创下历史新高，佛罗里达电力和照明公司期望能够从较低成本的核电中获得更高盈利率，联合能源集团公司的发电能力为 12500MW，其中 52％为核电。FPL 发电站的发电总能力为 3.39 万 MW，其中近 12％为核能发电。

FPL 为佛罗里达电力和照明公司的简称，是佛州最大、全美第四大电力公司。在经历了近 70 年的发展后，成为规模庞大和信誉良好的大型企业。长期以来，美国大电力公司往往是同时控制发电和输电网，但是不能跨州经营，直到今年夏天美国国会才宣布取消发电公司跨州合并禁令。

FPL 成立初期就得益于垄断的巨大优势，在没有强有力的竞争对手的情况下，公司发展顺利，构建了发电、输电等完整的电力经营系统，建立了一套严格的质量控制程序。公司一直是全美管理最好的电力公司之一，针对电力管制放松和竞争加剧，FPL 公司采取加大投资强度的扩张战略。

并购后其电厂的发电能力将达 4.64 万 MW，可满足约 4000 万家庭和企业的用电需求。

信息来源：国际金融报

日期：2005-12-21

AEP 与公用电力公司签订 18 份供电合约

美国电力公司 AEP 已与俄亥俄州和得克萨斯州的公用电力公司签订了 18 份多年期的大规模电力供应合约。在俄亥俄州，AEP 与拥有 16 家公用电力公司的俄亥俄能源集团（OMEG）的成员机构签订了大规模供电合约。在得克萨斯州，AEP 签订了向 Weatherford 与 Seymour 两个城市供应大规模电力的合约。

与 OMEG 成员机构签订的新合约取代了 12 月 31 号到期的 7 年期供电协议。这 16 份合约的供应量总计达到 170MW。

AEP 与 Seymour 市签订的合约取代了总量为 8MW 的一年期合约，与 Weatherford 市签订的新合约规定：在 Weatherford 结束与其他供应方最后 3 年的合约以后，AEP 将会向该市供应 80MW 的大规模电量。

所有的新合约从 2006 年 1 月开始生效。AEP 是通过竞标程序所选出的供应商。由于竞争性原因，定价具体细节尚未被披露。

AEP 能源市场副总裁 Greg Hall 说："我们很高兴这些公用电力公司选择 AEP 为他们的大规模电力供应商。我们期盼着继续为他们供应可靠的电力并且提供他们以往能够从 AEP 以竞争市场价格获得的服务。"

Weatherford 市公用事业公司董事 Kraig Kahler，P. E. 说："AEP 价格最低并且在合约的洽谈中促进了交易的最后定案。此外，AEP 曾为我市服务过 6 个月，从那以后我们一直期望着与其再度合作。"

AEP 是美国公用电力公司和合作方的最大供应商之一。在 2006 年，AEP 将会为美国 55 家公用电力公司和 25 家电力合作方提供约 3500MW 的电量。

信息来源：Laredo Morning Times，Texas-Business

日期：2006-01-02

市场综述

太平洋天然气电力公司提高电力和天然气价格

由于太平洋天然气电力公司（PG&E）计划的另一轮天然气和电力价格的提升影响了纽约市的生活，很多纽约人可能会在家穿上外套并且用点燃蜡烛来取代电灯照亮。

PG&E 宣布：最近一次的价格提升使得民用电价从之前的 12.9 美分/kWh 增长至 14.3 美分。那就是说，天然气价格增长了 18%，电价增长了 11%。该公司认为大部分的电价增长是由那些占民用客户 1/3 的需求量最大的消费者造成。

随着 2005 年一系列的价格攀升，天然气价格总体比去年增长了 43%。消费者在 2006 年 1 月将比去年同期平均多支付 50 美元。

一消费者组织发言人 Mindy Spatt 认为：这将是一个对于消费者来说难以渡过的冬天，尤其是对于用天然气取暖的北加利福尼亚居民。

全球能源市场与侵袭了墨西哥海湾的飓风推动了天然气与电价的增长。

尽管如此，此次价格的增长视消费者而有所不同。对于低收入的消费者增长的幅度不会很大。并且在一项能源保持的计划案下，从1月到3月减少天然气使用量累计达到10％的消费者，可以从他们的账单中获得20％的折扣。

信息来源：San Francisco

日期：2006-01-04

（选自国电信息中心）

【思考讨论】

简述简报的含义、种类与写法特点。这是一篇什么种类的简报？这种简报有什么样的作用？在编写上有什么特点？本篇简报在编写上有什么样的特点？

【简析提示】

简报即情况的简要报道，是国家机关、社会团体及企事业单位内部用来沟通情况、交流信息的一种简短的文字材料。简报按性质分，有综合简报和专题简报；按内容分，有工作简报、动态简报、会议简报。总的来说，简报的写法简短灵活，重要的是报道要快，时效性强。

综合简报是综合反映一定范围内各方面工作情况和问题的简报，也称情况简报。它主要报道的是本行业、本部门、本单位中出现的新人、新事、新气象、新动态，以及工作中的新经验、新办法等，利用简报作为载体，及时推广发现的典型、经验，指导推动各项工作。

编写综合简报，首先要占据大量的情况与材料，确立起准确鲜明的思想主题；然后紧紧围绕主题，选择、设计、安排材料，按照一定逻辑顺序，像剥笋一样，把问题一层层展开。

本例综合简报在丰富的信息资源基础上，依据其内容性质的不同，分设为"政策动态"、"企业动态"、"市场综述"3个栏目，从而把来源不同、内容不同、时间不同的各类美国电力相关信息分门别类、眉目清楚而又有重点有选择地综合报道出来。本篇简报内容充实而条理清晰，既满足了人们对于美国电力方方面面的求知欲，又能提高人们捕捉相关有效信息的阅读效率。

【单项实训】

收集本专业、本行业或自己感兴趣的相关信息，分设栏目，从各个不同的角度有重点有选择地把相关信息要点用简报的形式编辑、报道出来。

提示：如就业信息、创业信息、电力企业创新信息、校企合作信息、电力营销信息等。

第四节　广　　　告

【写法指导】

文字广告的结构一般包括标题、正文、结尾和广告标语四部分。

一、标题

1. 直接标题

直接以简明的文字表明广告的内容，使人们一看就知道广告的信息内涵。

2. 间接标题

不直接点明广告的主题和主旨，而是用耐人寻味的词句诱人转读正文和观看广告图片。

这类标题富有情趣，以引人注目、诱发兴趣为主要目的，多采用比喻、习惯常用语或富有哲理性的文学语言。

3. 复合标题

复合标题是由引题、正题、副题等三种标题组成的标题群，其中两组标题又可以组合，如正题与副题、引题与正题复合标题。按写作技巧分，又分直接标题与间接标题。

二、正文

正文是广告的主体部分，一般都要包括以下内容，即商品的名称、商标、品种、产地、规格、型号、性能、结构、用途、价格、使用和保养方法；厂家或经销商对用户所负的责任；销售的方式、时间、地点等。

这部分的写作，既要生动活泼，又要实事求是、具有说服力，要把标题引起人们的兴趣巩固下来。

三、结尾

广告结尾一般是写明生产或出售单位的地址、电话、电报挂号的号码等。

四、广告标语

广告标语又叫广告词，是某一商品从长远销售利益出发，在一定时期内反复使用的特定宣传语句。

【文案示例】

节约创造价值

木 筷 篇

据统计，中国市场每年消费一次性木筷 450 亿双，相当于要砍伐大约 600 万棵成年大树，专家推算，一棵成年树的生态价值是将其加工成木材价值的 9 倍。

节 约 用 水

目前，全国 600 多个城市，缺水总量为 60 亿 m^3，平均每个城市缺水 900 多万 m^3。2004 年上海市政府免费为市民改装抽水马桶，由原来的 13L 改为 9L，此举使上海市中心城区一年约节省了 788.4 万 m^3 的水，如果都能如此，全国城市缺水状况将大大缓解。

节 约 纸 张

每回收利用 1t 废纸，可造好纸 850kg，可节省纤维原料 500kg，可节省木材 $3m^3$，可节水 120t，我国每年有 1400 万 t 废纸没有回收利用。

节 约 用 电

江河是大地的血脉，森林是大地的根基，能源是大地的奉献。据电力部门预测：2005 年全国电力需求将增长 12%，用电量将达到 24220 亿 kWh，全国电力缺口 2500 万 kW。

节约资源，健康生活

新式呼吸面罩，高科技隔热服，紫外线防护伞，噪声隔绝耳机，你也许从来没有用过这些东西，但是如果继续破坏资源，有一天你会离不开他们……

失去了才知道她的珍贵

拍卖：第一件——清代玉观音，第二件——植物，第三件——天然水，第四件——无污染空气，无价之宝！

（选自中国中央电视台网）

【思考讨论】

这是一组什么种类的广告？这类广告有什么样的特点？简析这组广告在文案写作上的特色。

【简析提示】

本例是一组公益广告，这种广告是为公众切身利益服务的，是企业或社会团体向消费者阐明它对社会的功能和责任，表明自己追求的不仅仅是从经营中获利，而是过问和参与如何解决社会问题和环境问题这一意图的广告，是不以盈利为目的而为社会公众切身利益和社会风尚服务的广告。公益广告具有社会的效益性、主题的现实性和表现的号召性三大特点。

2007 年，当这组以"节约创造价值"为主题的公益广告亮相中央电视台经济频道 (CCTV-2) 时，就成了电视屏幕上"节约型社会"宣传的一道惹人注目的风景。据中央电视台广告经济信息中心副主任、经济频道总监郭振玺介绍，"节约创造价值"系列主题公益广告，是中央电视台经济频道为贯彻落实中央关于建设节约型社会的指示精神和国家发改委联合发起的"全民节约，共同行动"大型主题宣传活动的一个部分。广告文案用百姓生活常识、身边的小故事、生活中的点滴数字来设计、表达，由情入理、深入浅出，有利于树立全民的节约意识，调动全民节约、共同行动的热情，在全民范围内提升文明的力量。

"节约创造价值"系列主题公益广告创意新颖独特，采用了同一主题的多角度表现方式，形成一个风格独特的广告系列。广告设计者把广告创意定位在"节约创造价值"上，号召全民节约，共同行动。通过水、电、树木、纸张等各种资源的数据、常识的系列广告宣传，集中地表达了全民节约刻不容缓、节约创造价值这样一个主题。为了达到这一目的，广告将同一主题，运用不同形式的表现，进行横向拓展，从不同侧面加强了表现的分量，具有一种无形的说服力。

【单项实训】

1. 为学校、学校各大楼或寝室等做一个广告设计，并做出广告文案。
2. 做一份电力公益广告，如保护电力设施、节约用电、电力沟通宣导、绿色电力等。
3. 为自己向人才市场宣传设计一则广告。
4. 利用下面一段文字材料设计一则与电有关的广告。

第四，找朋友。趣味比方电，越摩擦越出。前两段所说，是靠我本身和学问本身相摩擦，但仍恐怕我本身有时会停摆，发电力便弱了，所以常常要仰赖别人帮助。一个人总要有几位共事的朋友，同时还要有几位共学的朋友。共事的朋友用来扶持我的职业。共学的朋友和共玩的朋友同一性质，那是用来摩擦我的趣味。这类朋友，能够和我同嗜好一种学问的自然最好，我便和他搭伙研究，即或不然——他有他的嗜好，我有我的嗜好，只要彼此都有研究精神，我和他常常在一块或常常通信，便不知不觉把彼此趣味都摩擦出来了。得找一两位这种朋友，便算人生大幸福之一，我想只要你肯找，断不会找不出来。

（选自：梁启超《学问之趣味》）

5. 用比喻、双关、排比的手法各写一则广告。

【单元实训】

1. 根据材料拟写动态消息，要求有标题、导语与主体部分。

（1）日前，北京变压器厂有限公司生产的树脂绝缘干式变压器顺利通过国家 C2 级气候试验、E2 级环境试验和 F1 级燃烧试验，成为目前国内仅有的两家通过以上三项试验的企业之一。这次送交试验的树脂绝缘干式变压器为 SCB9—500/10 产品。试品均为随机选取，北变公司在未对产品进行任何针对性处理的情况下，一次性通过所有试验，表明该厂正常出厂的该型变压器已普遍具有了低损耗、低噪声的环保性能，同时具有适应气候、环境能力强，安全、防火、环境、可靠等方面，已跻身国际先进水平。

（2）由中国科学技术大学俞书宏教授等研制的纳米电缆日前获得成功。据悉，这种纳米电缆放大近万倍后才有普通电缆一般粗细。它由内芯和外壳组成，内芯是银，外层包有绝缘体。纳米电缆以往合成往往需要高温、激光、碳热还原等极其苛刻的条件，中国科学技术大学在低温化学合成方面获得新进展，运用的是经济、温和、操作简便的溶液合成方法。目前，该校的专家们正积极探索纳米电缆导电性能与普通电缆有何不同这一课题。

2. 同一事件可以有不同侧面的报道。试就下面材料，拟写不同角度的动态消息，并改写成事件通讯或风貌通讯。

11 月 26 日，杭州市电力局拱墅供电局挂牌成立。至此，杭州电力系统"一区一局"的供电格局基本形成。即日起，新揭牌的拱墅供电局将接替原来的城北供电局，为该区域的电力客户提供高效优质的服务。据悉，杭州拱墅供电局是在城北供电局部分供电区域的基础上组建而成，它的成立是杭州市电力局进一步优化供电服务质量，最大限度满足客户供电需要的一项重大举措。拱墅供电局是在城北供电局部分供电区域的基础上组建而成，位于拱墅区湖州街 18 号，供电范围与拱墅区行政区划基本一致，辖有拱宸桥、和睦、小河等六个街道，及康桥镇、祥符镇、半山镇三个乡镇，面积约 84km²，总人口 50 余万，其中常住人口 30 万。截至今年 10 月底，杭州拱墅供电局辖区内有变电所 8 座，热电厂 1 座。拥有 10kV 线路 115 条，计 617km（其中电缆线路 312km），公用和专用变压器 2700 多台，总容量超过 100 万 kVA。低压线路 713km（其中电缆线路 360km）。营业户数 11.45 万户，年售电量预计超过 23 亿 kWh。根据浙江省电力公司提出的"按区建局"思路，今年，杭州市电力局在原来供电区域范围内，新成立了滨江和拱墅两个供电局。成立区域供电局将最大限度满足居民的用电需要，缩短服务半径，供电企业和用户间的距离更近，有助于供电企业更直接地了解用户需求，用电服务效率也能大大提高，最直接的体现便是事故发生后，将以更短的时间到达现场抢修。拱墅有了供电局，居民用电方便了。之前，半山镇发生停电事故，电力抢修工人需要从位于绍兴路的城北局赶去。从今天开始，这一现象将改变，抢修时间大大缩短，因为拱墅有了供电局。至此，杭州 6 个主城区都有了自己的供电局。除了拱墅和滨江供电局是以城区名命名，其余四个供电局暂时名为城东、城南、城西和城北。据悉，今后 6 个供电局都将以城区名命名，供电服务范围也将基本与行政区划一致。拱墅供电局成立之后，将主动服务于杭州"生活品质之城"建设，配合拱墅区实施"开放兴区、环境立区、商贸富区、工业强区"四大发展战略，更好地适应杭州市拱墅区快速发展的用电需求。到目前为止，杭州市已经基本实现"一区一局"格局，拥有城东、城南、城西、城北、滨江、拱墅、萧山、余杭 8 个供电局，以及临安、富阳、桐庐三个县局。据杭州市电力局工作人员介绍，现有各局的辖区还将进行调整，使其与行政区划基本对应，东南西北四个局也将重新命名，与所属地区相一致。

提示：该信息可以从时间、地点、事件、意义等各个不同的角度来进行宣传报道。

3. 把下面的这篇通讯稿改写成一篇动态消息。

高温期间，电力更像一条生命线，一头连着百姓，一头系着电力部门。昨天上午 9 时 20 分，根据电力客服热线"95598"的信息反馈，记者赶到了市区昌盛路 110kV 双河变电所，只见对面的马路边，20 来名工人正冒着酷暑紧张地进行城网改造。

记者在现场看到，施工人员分两组在相隔 20m 左右的两个场地进行顶管作业。碗口粗的电缆管压在工人们的肩上，缓缓地向地下通道移动。工人们每向前挪动一步，都要一起使出全身的力气。一名工人站在地下管网的入口处，里面的水漫到了他的大腿部，他正斜着身子努力地将电缆管向通道里塞，脸上的汗珠在一滴滴地往下滴。记者注意到，工人们的上衣后背都已经湿透了。

"从早上开始到现在已拉了 3 条长 311m 的电缆管了。"在现场指挥作业的嘉兴恒欣电建公司安全员李师傅一边用衣袖抹着脸上的汗，一边向记者介绍说："为解决区域电压不稳定的问题，这些天，工程队一直在这里忙碌，准备从变电所里拉出几条专线，努力保证相关企业正常生产。"

10 时 17 分，记者又跟随电力抢修人员前往塘汇街道永政南路 1 幢，因为那里断电了。到了现场，抢修人员朱师傅、钱师傅急忙拿出工具，检查起了线路。"可能是闸刀有问题。"小钱边测电路边分析说，而朱师傅此时已拿着一把新闸刀跑上了楼。拆线路、换闸刀、拧螺丝……10min 后，新闸刀换上了，可住户家里仍然没电。此时，记者看到，小钱他们已经是大汗淋漓了，但他们抹了抹汗，继续跑上跑下检测着线路。时间一分一秒地过去，故障原因终于找到了："原来 301 室的电表烧坏了，影响了电路，必须把用户电表箱卸下来。"

忙到近 12 时，小钱他们赶回去扒了几口饭，又带着两个帮手急急忙忙赶到了现场，忙到下午 3 时 10 分，故障终于被排除了。"没想到他们这么快就来了，95598 真的为市民提供了很大方便。"拨打了热线的冯先生对电力部门工作人员的工作连声道谢。这时，抢修人员又接到了另一个故障报修电话……

后来，记者在城郊供电分局线路工区翻开今年的故障抢修记录单时看到，从 7 月 1 日至 8 月 10 日，仅市区就抢修电力故障 608 起，抢修人员平均到达时间只有 15min。

市电力局客服中心有关人员表示——"95598"随时待命。

昨天，记者与市电力局客服中心的金师傅进行了一番对话。

记者："今年高温时节，居民反映的用电问题主要有哪些？与去年同期相比有何变化？"

金师傅："市民现在关注的主要是有序用电问题，来电内容已从去年的'为什么停电'变成了如今的'用电轮休时间是如何安排的'等。另外，有关如何节电的咨询电话也越来越多。"

记者："入夏以来，'95598'最多一天接多少个电话？"

金师傅："从来电情况看，90%是咨询电话。今年7月份共呼入48958个，其中受理了33284个。7月24日接到3814个，是今年年初以来最多的一天。我们的电力抢修队员平均每人一天要抢修十来个故障，夜里也经常出动。"

记者："你们如何确保居民生活用电？"

金师傅："7月23日至今，市本级已连续19天灯峰期间未拉10kV线路。另外，'95598'电力客服热线24h待命，抢修人员也随时准备着。"

（张奎超、黄振宇《电力部门：全力确保居民生活用电》）

4. 简报的栏目设计十分重要，好的栏目设计中心明确、要点突出、以类设项、聚散概要、引领阅读。试就下面简报收集到的材料，按栏目设计分门别类。注意栏目之间内涵上有关联的同时，又要注意其外延上的类别区分，要将材料由主及次地安排下来。

（1）2006年1～6月公司所属各单位安全生产日统计。

（2）市电力公司安委会2006年第二次扩大会议纪要。

（3）市电力公司2006年上半年度完成"二措"情况。

（4）省公司检查组来我公司检查春季暨迎峰度夏工作。

（5）关于用管所小沙红光村"网改"材料被盗事件的通报。

（6）市电力公司组织开展了以"五查一落实"为主要内容的农电检修、施工现场安全大检查。

提示：以安全为主题，开设管理、信息、通报等栏目，把稿件有效组织起来。

5. 位于长江中游的××市防汛指挥部召开了一次防汛会议，根据下面一组无序的材料，写一份简报（600字以上），要求格式完整。

（1）会议地点：市政府一楼会议室。

（2）会议时间：2002年7月20日。

（3）会议内容：重庆、四川盆地连日来大雨不断，皖、浙、苏、沪地区雨水大大高于常年平均水位，鄱阳湖、洞庭湖流域入江汇流剧增，截至昨晚八时，水位已达28.58m，超过危险水位，市政府发布了"全市居民一切服从防汛大局，抗击洪水，严防死守，确保安全度汛"的总动员令。

6. 请为自己心仪的电力企业或该企业的产品做一份广告文案设计。

第四章　协议类文书

第一节　合　同

【写法指导】

合同文本的书面结构模式一般由首部、正文、尾部和附件四部分构成。

一、首部

首部由标题、当事人基本情况及合同签订时间、地点构成。

1. 编号

合同编号居合同右上角。

2. 标题

写清合同的名称，指明合同的性质，居中，字体稍大。如：订货合同、借款合同、供销合同、供电合同等。

3. 当事人基本情况

当事人的名称应当按照营业执照上核准的名称写，要求写全称，并注意其是否与最后签字盖章的名称相符，以免因首尾不一致而造成混乱。名称第一次出现时要写全称，为了行文方便，可分别在全称后加括号简化为"甲方"和"乙方"，或"买方"与"卖方"。甲乙方注明后，下文使用时不可混淆。同时，写明立合同人的法人代表、联系方式、合同订立的时间地点。此项内容是确定当事人、合同权利和义务承担者的主要依据。

二、正文

正文是合同最重要的部分，也是合同的内容要素，即合同的主要条款，主要包括以下内容。

1. 标的

合同当事人权利和义务共同指向的对象。合同标的可以是货物、货币，也可以是工程项目、智力成果等。合同的标的要写明标的名称，使标的特定化，以便确定当事人的权利和义务。

2. 数量和质量

数量是以数字和计量单位来衡量标的的尺度。质量是标的内在素质和外观形态的综合，包括标的名称、品种、规格、型号、等级、标准、技术要求、物理和化学成分、款式、感觉要素、性能等。数量和质量条款是合同的主要条款，没有数量，权利义务的大小很难确定；没有质量，权利义务极易发生纠纷，因此该条款要给予明确、具体的规定。

3. 价款或者报酬

价款是根据合同取得财产的一方当事人向另一方当事人支付的以货币表示的代价。报酬是根据合同取得劳务的一方当事人向另一方当事人支付的货币，又可以称为酬金。价款或报酬是有偿合同的必备条款，合同中应说明价款或报酬数额、计算标准、结算方式和程序等。

4. 合同的期限、履行地点和方式

合同的期限包括有效期限和履行期限。有的合同如租赁合同、借款合同等必须具备有效期限。合同的履行期限是当事人履行合同的时间限度。履行的地点和方式是确定验收、费用、风险和标的物所有权转移的依据。

5. 违约责任

违约责任是违反合同义务的当事人应承担的法律责任。合同规定违约责任有利于督促当事人自觉履行合同，发生纠纷时也有利于确定违约方所承担的责任，这是合同履行的保障性条款。

6. 争议解决的方法

合同发生争议时，其解决方法包括当事人协商，第三者调解、仲裁、法院审理等几种。当事人在订立合同时，应当约定争议解决的方法。

7. 其他

除合同主要条款以外，双方当事人应根据实际情况约定其他有关双方权利和义务的条款。

三、尾部

尾部即合同结尾，一般包括双方当事人签名、盖章；单位地址、电话号码、电报挂号、邮政编码；银行开户名称、开户银行账号；签证或公证等内容。

四、附件

附件主要是对合同标的条款或有关条款的说明性材料及相关证明材料。如技术性较强的商品买卖合同，需要用附件或附图形式详细说明标的的全部情况。合同附件是合同的共同组织部分，同样具有法律效力。

【文案示例】

居民生活供用电合同

为了明确电力客户（以下简称用电方）与供电企业（以下简称供用方）在电力供应和使用中的权利和义务，安全、经济、合理、有序地供电和用电，根据《电力法》、《合同法》、《电力供应与使用条例》和《供电营业规则》的规定，经双方协商一致，签订本合同。

（1）根据用电方自愿申请，供电方同意向用电方提供用电类别为居民生活用电、供电容量为_____ kW、_____相_____线、额定频率为 50Hz、额定电压为_____ V 的电力。

（2）本合同所指电价系国家定价。用电方可选择执行以下一种电价：

居民生活用电电价：

居民生活用电峰谷电价。用电方按规定交纳电能计量装置改造费_____元，供电方负责安装峰谷分时计量电能表。自装表接电之日起，用电方一年内不得变更峰谷用电。满 1 年后，用电方如要求变更为执行居民生活用电电价的，应到当地供电营业厅按规定办理变更用电手续，但用电方交纳的峰谷电价电能计量装置改造费不再退回，供电方也不再向用电方收取其他费用。

（3）供电方按国家规定装设用电计量装置，该装置安装在用电方，其记录作为结算电费的依据。用电方应对用电计量装置负责保管，如发现封印损坏或脱落应及时通知供电方，供电方应及时维修和处理。用电方应在本合同约定的容量范围内用电，因用电方原因造成用电计量装置损坏的，由用电方按电力法规、规章等有关规定赔偿。

（4）用电方认为供电方装设的计费电能表不准时，有权向供电方提出校验申请。如计费电能表的误差在允许范围内，则校验费用由用电方负担；如计费电能表的误差超出允许范围时，则校验费由供电方负担。用电方对检验结果有异议时，可在 15 天内向法定计量检定机构申请检定。用电方在申请验表期间，其电费仍应按期交纳，验表结果确认后，再行退补电费。

（5）用电方未经供电方同意，私自转供电、私自改变用电性质、私自引入其他电源，以及私自迁址、更动用电计量装置等均属违约用电，应对由此造成的人身触电伤亡和电（气）器火灾等事故承担责任，供电方将按《供电营业规则》有关规定予以处理。

（6）用电方私自开启用电计量装置封印、绕表用电和其他致使用电计量装置失准的行为均属窃电行为，供电方将按《供电营业规则》有关规定予以处理。

（7）供电方实行定期抄表，按期向用电方结算电费，用电方应在通知的期限内向供电方缴纳电费。逾期不缴清电费的，用电方应承担电费滞纳的违约责任，电费违约金自逾期之日起计算至交纳日止，电费违约金每日按欠费总额的千分之一计算。经供电方催缴，用电方仍未付清所欠电费和违约金的，供电方依法中止供电。用电方一旦付清所欠电费和违约金，供电方应在 24h 内恢复供电。

（8）计费电能表的出线端处为双方产权分界点，依此点指向供电电源侧的线路、电能表等配电设施均属供电方所有，计费电能表的出线端处指向用电侧的线路及防触、漏电的剩余电流动作保护器（俗称漏电保护器）等用电设施均属用电方所有。双方按其产权归属，各自承担运行维护等责任。

（9）供电方应保证供电质量。用电方应安全用电，并装设漏电保护器。因供电方电力运行事故造成家用电器损坏的，按《居民用户家用电器损坏处理办法》有关规定办理。

（10）本合同在供电方装表接电后生效，其他未及事宜按《供电营业规则》有关规定办理。履行本合同发生争议的，双方均有权向人民法院提起诉讼。

（11）其他约定：＿＿＿＿＿＿＿＿＿＿＿＿＿＿＿＿＿＿＿＿＿＿。

用电方签名（盖章）＿＿＿＿＿＿　　　供电方签名（盖章）：＿＿＿＿＿＿

签订时间：　　年　　月　　日　　　　　签订时间：　　年　　月　　日

（选自中国政府网）

【思考讨论】

　　这是一篇什么形式的合同？分析本篇合同的写法。谈谈签订合同应注意的问题。

【简析提示】

　　本例是一份《居民生活供用电合同》，是供用电合同的一种。《供用电合同》是电力部门最常用的合同之一。它在写法上包括首部、主体及尾部三方面的内容。首部包括合同编号、标题、立合同人即供电方与用电方的单位名称、法定代表、签约时间、地点、联系方式等，可以视具体情况处理繁简，但不能省略。本篇例文首部除标题外全部从略的方式有欠妥当。但总体结构比较完整、规范。主体部分包括前言、正文等部分，前言部分简要说明了订立本合同的目的、依据及基本情况，正文部分则采用条款方式进行文字说明，明确规定了供电方与用电方在电价、电费结算、校验申请、产权分界等方面的权利、义务与责任的界定、明确，其中对于一些待议数额、费用及其他约定则以填空的方式留出空白，显得灵活机动。尾部用来落款，写明用电方和供电方的签名、盖章及签约时间等。最好有公证机关、签证机关意见一栏或办理相关有效手续。

签订合同，应该慎重对待，切不可粗枝大叶，使经济利益受到损失。因此，条款、品名、规格、质量、数量、金额、交货地点和办法等，均应逐一写清。合同文字不可模棱两可产生歧义。金额数字要大写，标点要正确。要用钢笔、水笔和毛笔等书写，以便长久保存。在签订合同之前，双方应充分了解对方的设备、资金、技术力量和经营管理能力等，以免因对方无力履行合同而受到损失。

【单项实训】

1. 修改以下表述不当的合同条款。

（1）该设备将在工作现场验收。

（2）合同双方利润三七开。

（3）甲方收到货后须及时汇付货款给乙方。

（4）本工程应在三个月内完工。

2. 依次填入下文括号中的一组词语是：＿＿＿＿＿＿

为了支持社会福利事业，扩大本公司的（　　），公司（　　）（　　）市残疾人协会微机 3 台，并（　　）我总办理。

A. 影响　　打算　　送给　　拜托　　　B. 影响　　决定　　赞助　　责成

C. 名望　　打算　　赞助　　责成　　　D. 名望　　决定　　送给　　拜托

3. 阅读材料，回答问题。

某商行与新疆一家皮货收购站签订了收购优质羊皮的合同。条款中"1.5m 以上，有剪刀斑的不要"被恶意抄成了"1.5m 以上、有剪刀斑的不要"。商行总经理秘书小张平时写文章，一般不注意标点符号，逗号、句号、顿号不分，审核时自然也没有看出来，签字盖章，合同生效。收购站后来所供的货都是 1.5m 以下的羊皮，使商行遭受了巨大的经济损失，而收购站是按合同办事，其行为受法律保护，因为合同上的条文可以理解为"1.5m 以上和有剪刀斑的都不要"。

请问，本案例中秘书小张在合同写作上犯了什么错误？

4. 根据下述内容拟写一份"修缮合同"。

杭州钱江技工学校委托杭州盛昌建筑公司第二施工队修缮教学楼，乙方按甲方提供的要求进行修缮（附修缮要求一份）。修缮费（包括材料人工费）议定为人民币 5 万元。甲方在订立合同一周后，先付给乙方全部修缮费的 50%，其余 50%，在教学楼验收完工后一周内全部付清。修缮期限为两个月（从 6 月 28 日到 8 月 28 日）。修缮所用材料按双方议定的标准（附材料标准一件）由乙方筹备。如有一方违背合同条款，影响修缮工程，由违约一方赔偿损失（附比例一份）。本合同一式两份，双方各执一份。

第二节　招　标　书

【写法指导】

招标书通常由标题、正文、结尾三部分组成。

一、标题

从形式上看，招标书标题可以分为完全性标题、不完全性标题和简明性标题。

1. 完全性标题

完全性标题由招标单位名称、招标事由（即承包工程或承包货物名称）、文种（即招标公告、或招标通告、招标启事）三部分组成。

2. 不完全性标题

不完全性标题有三种类型。或者不写招标性质内容，只写招标单位名称和文种；或者由招标性质内容和事由构成；或者只写文种，如"招标公告"、"招标书"等。

二、正文

正文一般应包括以下内容。

1. 开头

要写明招标单位此项的目的、根据、项目或货物的名称和范围。

2. 主体

是招标公告的核心，要详细写明招标的内容、要求及有关事项，并将有关事项逐项说明，有的还需要列表。

三、结尾

结尾要写清楚招标单位的名称、地址、电话、电报挂号等，以便投标者报送投标书，参加投标。

【文案示例】

电力变压器招标公告

招标编号：JCH20081360390

招标日期：2008-8-12

报名日期：2008-7-25～2008-8-8

设备：电力变压器 3 台

供货和工作范围：设计、制造、采购和服务，在厂内进行生产、组装、测试、运输保险、运抵现场指导安装、调试、人员培训、技术服务等。

投标保证金：×××元

标书价格：300～350 元

报名资质：

（1）具有独立承担民事责任的能力。

（2）具有良好的商业信誉和健全的财务会计制度。

（3）具有履行合同所必需的设备和专业技术能力。

（4）有依法缴纳税收和社会保障资金的良好记录。

（5）在经营活动中没有重大违法记录。

报名资料：有效的企业法人证件或企业法人授权委托书原件、生产许可证和营业执照副本（复印件并加盖公章）

开户银行：中行朝阳支行

银行账号：498229600008091001

招标单位：

招标代理：

联 系 人：

电　　话：

传　　真：

二〇〇八年八月十二日

（选自中国设备网）

【思考讨论】

说说招标书的性质、作用及其常用的种类。本篇例文是一篇什么种类的招标书？简析其写作构成。

【简析提示】

招标书又称招标说明书，是招标者邀请符合条件的有关单位投标的文书，利用投标者之间的竞争达到优选投标者的目的。常用招标书包括工程建设招标书、大宗商品交易招标书、选聘企业经营者招标书、企业承包招标书、企业租赁招标书、劳务招标书、科研课题招标书、技术引进和转让招标书等。

本例为大宗商品交易招标书，也是条文式招标书。标题《电力变压器招标公告》由招标项目名称和文种构成。正文将招标编号、招标日期、报名日期、设备名称数量、供货和工作范围、投标保证金、标书价格、报名资质、报名资料等事项和要求逐条列出，简明扼要，符合一般大宗商品交易招标书的要求，尤其是对供货和工作范围以及投标者的报名资质作了具体、准确的规定，明确招标要求，保证投标者的资质条件，免除不必要的谈判与纠纷。结尾标明招标建设单位名称及成文日期。

【单项实训】

1. 依次填入下文括号中的一组词语是：＿＿＿＿＿

××市信息工程招投标中心受××市政府采购中心（　　）委托，就××市水利局办公信息系统项目进行公开（　　），请有关具有同类软件及 GIS 系统开发经验的系统集成商到××市信息工程招投标中心购买（　　）并参加（　　）。

A. 授权　　招标　　标的　　招标　　　B. 授权　　投标　　标书　　投标

C. 委托　　招标　　标书　　投标　　　D. 委托　　投标　　标的　　招标

2. 根据下面所给材料，写一份招标公告。

××职业技术学院就校区环境清洁卫生工作××××年7月7日向社会公开招标，要求投标方报名时需提交营业执照、资质证书、近年业绩等有关资料，报名时间自公告之日起至7月14日上午10：30止，地点在××市天河五山科华街351号学院北楼二层总务处，招标文件在报名时购买，招标介绍会将在7月14日上午10：30××市天河五山科华街351号学院北楼二层会议室召开。招标方要求投标单位按规定时间将投标文件送交学院，学院招投标领导小组进行审查考核再定标。联系人×老师、×老师，联系电话××××。

第三节 投 标 书

【写法指导】

投标书的写法，往往采用报表的形式，内容与招标书相对应，一般包括承包项目的名称、完成日期、数量、价格、投标者的名称、联系人、地址、电话、电报等等。

一、标题和日期

标题和日期写在第一页的第一行，居中写明"投标书"，表明文种的性质。第二行偏右写清投标的日期。

二、正文

正文采用横式并列的结构，将投标的项目名称、数量、技术要求、商品价格、商品规格、交货日期等逐项说明。商品价格和规格如果内容较多，往往列表填写。

三、结尾

结尾写清投标人的名称、地址、电话、电报等，以便招标人进行联系。

【文案示例】

投标书 （标 函）

中国科协年会办公室会务组：

贵单位招标启事已阅知，经研究，我单位（或个人）愿意承担中国科协年会标识的设计工作。投标书内容如下。

（1）项目名称：中国科协年会标识设计。

（2）工作内容：按照《招标书》要求设计中国科协年会标识，并提供标识完整的彩色效果图（不少于四种）、最终能够印刷的四色胶片电子文档，以及设计说明等材料。

（3）投标单位（个人）情况如下：

单位名称（个人）	
所有制类别	
专业资质情况	
中高级专业人员数量	
单位成立时间	
单位地址及邮编	
联系人及联系电话	
电子邮箱	

（4）我们同意在本标函发出的 30 天内接受本标函的约束。我们愿意在 2006 年 4 月 20 日至 2006 年 5 月 20 日的任何时间内接受贵单位的中标通知。一旦我们的投标被采纳，我们将与贵单位共同协商，按照《招标书》所列条款正式签署《标识设计合同书》，并按合同要

求保证按时、按质完成标识的设计工作。

（5）我们承诺本标函一经寄出，不得以任何理由更改，中标后不得拒绝签订标识设计合同书。在签署正式合同之前，本标函与贵单位的中标通知书将构成我们双方间有法律约束力的协议文件。

（6）标函附件：

1）投标单位营业执照复印件（或投标人身份证复印件）。

2）法人代表身份证复印件。

3）证明专业资质相关资料。

4）以往设计作品小样三种以上。

5）标识设计报价单。

投标单位名称（盖章）：

法人代表签字：××

项目负责人签字：××

××××年×月×日

（选自中国科学技术协会网）

【思考讨论】

简述投标书的性质、种类。指出本例投标书的类型。简述其编写依据、内容与格式要求。

【简析提示】

投标书是投标者为了中标，按照招标书提出的项目、条件和要求而制作并提供给招标者的承诺文书，以求实现与招标者订立合同的目的。投标书按投标方人员组成情况可分为：个人投标书、合伙投标书、集体投标书、全员投标书和企业投标书等；按性质和内容可分为：工程建设项目投标书、大宗商品交易投标书、选聘企业经营者投标书、企业租赁投标书、劳务投标书、项目设计投标书等。

本例是一份项目设计投标书。投标文件要根据招标文件来编写，简繁与招标文件密切相关。投标文件一般可以投标书的形式来体现，投标书又称为标函。这份项目设计投标书在内容上主要写明其投标项目的名称、设计内容、投标者的资质条件、投标态度（主要是承诺内容）等。投标书常用的文种形式有投标书、标函、投标单等。本例采用的是标函的形式，其格式与信函相仿，由标题、招标单位、开头语、主体、署名、附件等部分组成。标题直接写投标书（标函），居中，字略大。主送单位是"中国科协年会办公室会务组"，即其招标单位。开头语叙写投标的依据、态度，表示"愿意承担中国科协年会标识的设计工作"。主体写清投标的上述各项内容。最后署名，写投标单位的名称、法人代表、项目负责人、日期。此外，标函附件也是标函中十分重要的一部分，附件名称要逐一标注明确。

【单项实训】

1. 下面是一份投标书，选词填空，将其补充完整。

投 标 书

××××（单位名称）：

研究了上述合同的投标文件，包括图纸、合格条件、技术规范和工程量_____（资料、清单、材料），我签署方愿意以投标书和附录（附录号）中所规定的要求，以××金额（大写数字和阿拉伯数字）或合同可能规定的其他金额，承担上述工程的_____、_____和_____（开工、施工、竣工、完工、建成、维护）工作。

如对方接受我方投标，我方保证在×天内开工，并在合同规定的时间完工并交付工程。该日期从开工日算起并与本合同第7条所规定的工程进度表要求一致。

如果我方中标，我们将按合同价格的百分之十出具_____（保证合同、合同保证、履约保函、履约保证），以保证合同的正常执行。

我方同意从_____（投标者通知、投标者通知、投标者通告、投标者公告）第24条所规定的标书截止日起的×天内遵守本投标。此标在该期限结束前始终对我们有约束力，并可随时被接受。

在正式合同制定和签署前，本投标书连同您方的书面_____（合同、标书、中标合同、中标通知书）应视为约束我们双方的合同。

我们理解您方有权不接受最低标价的投标，或者其他任何你们可能收到的投标。

××××年×月×日（章）

2. 根据下述内容，写一份致标函，并设计一份投标的目录。

天津三源电力集团公司就办公楼室内装修工程施工任务进行招标。深圳市建筑装饰（集团）有限公司是一家拥有国家建筑装饰施工一级、甲级设计、安全资质的公司。该公司认为自己有多年从事建筑装饰设计施工经验，完全有能力承担天津三源电力集团公司办公楼室内装修工程施工任务，便于某年月日内向天津三源电力集团公司投标。请为该公司拟写一份致标函，并设计一份投标的目录。

【单元实训】

以某电力产品设计或学校艺术节（如五四征文、演讲辩论赛、诗歌散文笔会等）为实训项目，进行招标、投标、开标、竞标、决标、拟订合同等各项活动，并形成文书。

第五章 呈 请 类 文 书

第一节 求 职 信

【写法指导】

求职信的基本格式与书信相仿，主要包括标题、称呼、问候语、正文、结尾、署名、日期、附件几个方面的内容。

一、标题

就是把"求职信"这一标题写中间，字略大。

二、称呼

求职信的称呼依照求职单位的不同而区别对待。如果写给国家机关、事业单位的人事处领导，则用"尊敬的×处长（或直接用人事处长等职务）"来称呼；如果对"三资"或个体企业老板，则用"尊敬的×董事长（或总经理）"；如果给各类企业厂长经理写求职信，则可以称之为"尊敬的×厂长（或经理）"；如果写给大学校长或人事处长的求职信，则称之为"尊敬的××教授（或校长、老师等）"。总之，尽可能称呼职务、职称为好。

三、问候语

"您好"之类的表示对人敬重的问候语虽然简短，却不容忽略。

四、正文

正文是求职信的中心部分，其形式多种多样，一般都要求说明求职信息来源、应聘岗位、个人基本情况、工作成绩等内容。

1. 说明个人基本情况或求职信息来源

这方面介绍可以根据自己的情况有策略地撰写。人个条件较好可以首先介绍自己的基本情况，重点是介绍自己与应聘岗位有关的学历水平、经历、成就等，让招聘单位从一开始就对你产生兴趣，但详细的个人简历应作为附录。当然，也可以选择先写求职信息的来源渠道，比如"据悉贵公司正在拓展海外业务，招聘新人，且昨日又在《××报》上读到贵公司招聘广告，故冒昧写信，前来应聘高级会计师一职"。这样写不仅师出有名，而且还可以让招聘单位感觉到招聘广告费没有白花。

2. 说明应聘专业职位和能胜任专业工作的各种能力

这是求职信的核心部分，主要表明自己具有相关职位所需的专业知识、工作经验、专业技能和成就，具有与专业工作要求相适应的特长、兴趣、性格和相关能力。

3. 介绍自己的职业潜力或与求职单位相适应的职业规划

比如可介绍自己曾经做过的各种社会工作，所取得的成绩，则预示着自己具有管理和组织才能，具备发展和培养的潜质。或者描述自己与求职单位相适应的职业规划，展示自己未来的职业成长与企业发展相一致。

4. 表示希望得到答复面试的机会

再次表示希望给予面试的机会，表明自己希望早日成为贵公司一员的热切心情，写明自己的详细通讯地址、邮政编码和联系电话。

五、结尾

结尾一般应写明希望对方给予答复，并盼望能有机会参加面试；表示敬意、祝愿之类的祝词敬语，如"祝贵公司兴旺发达"、"顺颂安康"、"深表谢意"等，祝语能表现出求职者的文化素养，不可忽视。

六、落款

落款时署名与称呼一致，写上"求职人××"，或直接签上自己的名字，再在名下署上日期，用阿拉伯数字写，并把年、月、日写全。

七、附件

附件应在正文下注明随信附带的有效证件，如身份证、学历证、学位证、获奖证书、户口本、推荐信等复印件以及简历、近期照片等，方便招聘单位审核。

【文案示例】

求　职　信

尊敬的用人单位：

您好！

我是××大学××校区经济管理学院的学生，专业是市场营销管理。很高兴能通过这份个人简历向您介绍我自己。

和每个人一样，当您接过我的简历时，我既兴奋又忐忑不安。谁都希望能拥有一片实现自我的天地，找到一份适合自己的工作努力奋斗，做出成绩。然而与之相应的单位则只能把这个良机留给恰当的人才。平庸之辈自不用损，高分低能亦不足论，但愿我们彼此的目标在切磋中实现！

2001 年我考入××大学经济管理系，这里成了我锻炼成长的沃土，为了早日从一个呆头少年变成一名全面发展、素质优良的大学生，我积极地投入到学习和工作中。在老师的鼓励和帮助下，我曾担负班长的工作，并以优异的成绩取得了党校毕业证书。2001 年我曾参与宝洁公司市场调研活动。2002 年夏我又积极参加并圆满完成了学院安排的暑期社会调查及实践任务。在校园内外，我学到了很多课堂上学不到的东西，开阔了眼界，丰富了知识，也使自我日趋成熟。

当然，作为一名合格的大学生，时刻不能放松在学习上的要求。得益于良好的校风、老师的教诲和同学的鼓励，我的学习也取得了一定的成绩。2003 年初我先后通过了××省计算机二级考试和国家二级考试，并于当年 6 月通过了全国高校英语四级考试。此外，一些主要课程成绩在附页中，敬请审阅。

作为一名即将毕业的学生，我懂得的东西还太少，但我将继续努力学习并尽快适应新的环境，尽我最大的能力，用我的智慧、意志和勇气，为您的事业增砖添瓦。

祝

事业蒸蒸日上

×××
××××年×月×日

附件：（略）

（选自中国教育文摘网）

【思考讨论】

简析本篇例文在写作格式上的特点。你会写"错过我将会是你一生的遗憾"还是"我不一定是你要找的最优秀的人，但是你要找的最合适的人"这样的句子吗？为什么？附件中你更乐意提供尽可能多的证书还是提供一份与企业相应的市场调研报告？为什么？

【简析提示】

一封精彩、独到的求职信，是大学生择业成功的要件之一。本篇例文在写作的格式上较为规范，标题、称呼、问候语、正文、结尾、落款和附件俱全。标题直接写"求职书"三个字，居中醒目。称呼用"尊敬的用人单位"，而没有用"敬爱的"，"亲爱的"等字眼。问候语"您好"，独立成行也比较好。正文是最重要的，介绍自己"承担班长的工作，并以优异的成绩取得了党校毕业证书"，说明自己的学习能力、工作能力，还介绍自己"参与宝洁公司市场调研活动"，"积极参加并圆满完成了学院安排的暑期社会调查及实践任务"，说明自己的活动能力和优势，既简洁又有条理，推销自己，但不过分自信。结尾表明自己的愿望，并写上表示敬意、祝愿之类的祝词敬语，如"祝贵公司兴旺发达"、"顺颂安康"、"深表谢意"等，表现出求职者的文化素养。最后落款并附上附件。一封成功的求职信，应该做到格式规范，要点突出，简练朴实。

目前，大学生求职信存在着追求外表、忽视内容，堆砌词藻、哗众取宠，夸大其词、缺少诚信，篇幅冗长、废话连篇等问题。比如，"错过我将会是你一生的遗憾"这样的语句，多少有点过于夸张了点，相比之下，"我不一定是你要找的最优秀的人，但是你要找的最合适的人"这话中听一点，但也够夸张了，因为企业要能找到"最合适的人"也不容易，所以如果说"我不一定是你要找的最优秀的人，但可能是你要找的合适的人"，这话可能更实在一些。语言表达的华丽固然能够吸引人，但最终能够打动人心的可能是准确实在的一言一行。

附件是附加在求职书后的证明材料，其实，这些材料不仅仅是对于求职者的学历、学位、证书、身份等一系列材料的证明，也是对求职者实力的证明。求职者的实力应当看做硬实力和软实力两部分，前者如已经获得的各类证书，后者则可以是自己为求职而写的相关企业的各类调研报告、信息、建议、资料等。也许，前者是人所共有的，而后者恰是你所独有的，也就成为招聘单位有可能需要你的重要因素之一。

【单项实训】

1. 根据自己的专业实际，向自己心仪的一家公司拟写一份求职信。
2. 根据你对某公司的了解，结合自己的特长，有重点地介绍自己，拟写一份求职信。

第二节 应 聘 书

【写法指导】

应聘书是指求职者根据用人单位发布的招聘人员广告、通知和其他有关信息，有目的地表达求职意向的信函。

应聘书的目的是为了向用人单位请求特定的工作职位，应聘的目标很明确，写作针对性、自荐性及个性都很强。

应聘书的格式与求职书相仿，但在写法上应该特别注意以下几点。

一、称呼要明确

应聘书送达对象是已经知晓的特定人士，所以称呼要明确。

二、语气要亲切

写作诉求对象明确，如在目前、面对面交谈，语气要自然亲切。

三、紧扣目标

应聘的目标要明确。应聘书的内容必须对应相关职位招聘条件，有针对性地选择自身条件、能力和成绩中与特定条件相符合的内容进行介绍。用诚恳的语言表明自己对目标职位的兴趣和认识，说明自己得到这个职位后可能做出的业绩，以此赢得用人单位的好感和认可。

四、突出特长

要根据职位目标，通过分析，找准自己的优势条件，在应聘书中尽量展示自己的过人之处，扬长避短。只有超过其他应聘者，才有可能赢得先机。

五、先行调查

写作应聘书之前，要通过各种途径对应聘职位的有关情况以及用人单位的基本情况和招聘活动的有关细节进行调查研究，做到心中有数。这样才可能保证应聘书的针对性以及对职位认识的准确性，以免偏离方向。

【文案示例】

应　聘　书

尊敬的××经理：

　　我从《××日报》招聘广告中获悉贵酒店欲招聘一名经理秘书，特冒昧写信应聘。

　　两个月后，我将从工商学院酒店物业管理系毕业。我身高 1.65m，相貌端庄，气质颇佳。在校期间，我系统地学习了现代管理概论、社会心理学、酒店管理概论、酒店财务会计、酒店客房管理、酒店餐饮管理、酒店前厅管理、酒店营销、酒店物业管理、物业管理学、住宅小区物业管理、应用写作、礼仪学、专业英语等课程。成绩优秀，曾发表论文多篇。熟悉电脑操作。英语通过国家四级考试，英语口语流利；略懂日语、粤语；普通话运用自如。

　　去年下半学期，我曾在××五星级酒店客房办化验室实习半个月，积累了一些实际工作经验。我热爱酒店管理工作，希望能成为贵酒店的一员，和大家一起为促进酒店发展竭尽全力，做好工作。

　　我的个人简历及相关材料一并附上，如能给我面谈的机会，我将不胜荣幸。

　　联系地址：广州××××工商学院酒店物业管理系 510507

　　联系电话：13911111234

　　此致

敬礼

求职人：××

××××年××月××日

（选自中国人才指南网）

附件：（略）

【思考讨论】

简析这篇应聘信的格式。谈谈你对这篇应聘书在写作内容上的看法。

【简析提示】

应聘书的格式与求职书相仿，由标题、称呼、正文、结尾、落款和附件等要素构成。标题"应聘书"居中排布。称呼用"尊敬的××经理"。正文先说明自己得知该信息的渠道来源，表示应聘并介绍自己的基本情况、专业知识和工作能力，表示自己胜任该岗位。结尾表示自己有实际的实训经验，同时表明自己要求就职的愿望，并写上"此致敬礼"、表示敬意、祝愿之类的祝词敬语，再落款并附上附件。

这篇应聘书在写作内容上还缺乏对岗位认识与熟悉程度，内容写得过于一般化，缺少对岗位的针对性，应当在写作之前对经理秘书一职作一番调查与了解，以便于行文紧扣应聘目标，突出自己与岗位相关的特长。

【单项实训】

根据电力公司招聘职位的要求，结合你自己的专业特点，拟写一份应聘信。

第三节 自 荐 信

【写法指导】

自荐信是指求职者写给欲供职单位的信，是一种自我介绍、自我推荐的信。自荐信的目的鲜明突出，内容凝练充实，语言真诚谦恭。

自荐信的写作一般包括以下几方面。

一、称呼

称呼在第一行顶格单独写。称呼后要用冒号，表示下面有话要说。

二、问候语

自荐信的收信人很单一，所以只强调礼节性，写上"您好"、"近好"即可。

三、正文

正文包括承接语、主体和结束语。

1. 承接语

说清写信的缘由。

2. 主体

主体分三层来写。第一层，概括介绍，即写一份自传，介绍自己的姓名、性别、年龄、所学专业、学历、上学或工作的几个阶段、性格特点、健康状况、联系地址、求职目标等；第二层，重点介绍，主要陈述个人的求职资格和所具备的能力；第三层，表达愿望。

3. 结束语

在正文即将结束时，简单概括一下全文的内容，加深收信人的印象。

四、敬语

出于礼节，信的最后往往写一两句祝颂的话或敬语，常用的有"此致敬礼"、"祝事业发达"等。

五、信尾

信尾依次写出求职人姓名、时间、联系地址、邮编、电话等，位置在敬语右下方。

六、附件

附件多是提供证明自己资历、能力以及工作经历的证明材料，其中也可以包括自己的一些补充介绍。

【文案示例】

自 荐 信

尊敬的领导：

您好！

首先感谢您在百忙之中垂览我的自荐材料，相信它不会占用您太多的时间，并祝愿贵单位事业欣欣向荣，蒸蒸日上！

在大学期间，我主修市场营销、会计电算化专业。在注重基础知识和专业知识学习的同时，还广泛涉猎了各方面的知识，并在计算机以及计算机网络方面积累了一定的知识和能力。大学里，丰富多彩的社会生活和井然有序的学习气氛，使我养成了冷静自信的性格和踏实严谨的工作作风，并赋予了我参与社会竞争的勇气。大学三年的学习是短暂的，所学的知识是有限的。但大学培养的是一种思维方式和学习方法，"纸上得来终觉浅，绝知此事要躬行"，因此我将在今后的工作中虚心学习，不断钻研，积累工作经验，提高自己的工作能力。

我热忱地期待在市场营销、会计、计算机以及其他领域得到您的垂青和接纳。如蒙贵企业录用，将不负厚望，尽最大忠诚与努力，以谦逊而自信的态度在贵企业步步实干、点滴积累、进一步充实自己，切实为贵企业作出贡献，共创辉煌未来。

为了使您能更加全面地了解我，附上我本人的求职材料，以便供您参阅。

此致

敬礼

自荐人：×××

××××年×月×日

联系地址：

邮编：

电话：

附件：（略）

（选自新职业网）

【思考讨论】

这篇自荐信的正文是怎么写的？它与求职书、应聘书有什么不同？如何看待自荐人"期待在市场营销、会计、计算机以及其他领域"的求职目标？

【简析提示】

这篇自荐信的正文介绍了自荐人主修的专业，即市场营销、会计电算化专业，从而表明求职者的求职资格，并介绍了与专业相关的必备的知识、能力，如"在计算机以及计算机网络方面积累了一定的知识和能力"。着重展示了自己大学期间培养的"冷静自信"个性性格与"踏实严谨"工作作风，尤其是"大学培养的是一种思维方式和学习方法"以及对于"积累工作经验"的认识，从而向招聘单位展示出自己的基本职业专业知识与素养。

自荐信与求职书、应聘书都是用来展示自我、谋求职位的，但又有不同之处，最大的不同是自荐信比后者拥有更充分的展示自我的空间，而后者比自荐信在求职过程中的针对性更强。

求职过程中，招聘单位一般比较看重复合型的人才，因此，在几个不同领域都有所长更能得到招聘单位的青睐，然而，如本文自荐人"期待在市场营销、会计、计算机以及其他领域"，如此广泛地求职，反而容易让人误以为专业能力不强，不如言之有度。

【单项实训】

根据你自己所学的专业特点、个性气质、爱好特长，向有关部门拟写一份自荐信。

第四节 个 人 简 历

【写法指导】

个人简历可以是表格的形式，也可以条文的形式或是其他形式。个人简历一般应包括以下几个方面的内容。

一、个人资料

个人资料包括姓名、性别、出生年月、家庭地址、政治面貌、婚姻状况，身体状况，兴趣、爱好、性格等。

二、教育背景及培训

教育背景及培训包括毕业院校、所学专业、学位、外语及计算机掌握程度等。

三、本人经历及工作经历

本人经历及工作经历包括入学以来的简单经历，主要是担任社会工作或加入党团等方面的情况。

四、所获荣誉

所获荣誉，如三好学生、优秀团员、优秀学生干部、专项奖学金等。

五、本人特长

本人特长，如计算机、外语、驾驶、文艺、体育等。

【文案示例】

×××的个人简历

中国农业大学电气工程及其自动化专业　　男　　1984 年 12 月 10 日出生于江西

中国农业大学东区 3♯信箱　　100083

010-62392655　　　13810434487

zhangtic@shou.com

求职意向

◆ 电气·电力·能源媒体出版

学习经历

◆ 2001 年 9 月至 2005 年 7 月，中国农业大学电气工程及其自动化专业，取得学士学位。

◆ 1998 年 9 月至 2001 年 7 月，江西省波阳中学，高中毕业。

实践与实习

◆ 2004 年在北京石景山热电厂，北京第一热电厂，上地变电站等地实习。

＊熟悉了发电厂、变电站的工作环境，对电力系统运行维护有一定了解。

＊对电力的生产、输送环节有了初步了解，并对它们产生了浓厚的兴趣。

◆ 2004 年电子课程设计，与小组成员一起设计完成多功能时钟电路。

＊明白了团体合作的重要性，体会到团体合作的愉悦。

＊对电子电路有了进一步的了解，对电子设计有了新的认识。

◆ 2002 年 9 月至 2003 年 3 月于校级大型社团挚友社任文学部部长，其后至 7 月任副社长。

＊成功组织了"九月风"大型征文活动，从前期宣传到颁奖晚会，均有热烈反响。

＊在此期间做过报纸编辑、新闻采写等工作，对刊物排版、人员分配有一定了解。

＊多次组织并主持社内晚会、出游等活动，为组织活动积累了经验。

计算机水平

◆ 熟悉 Windows 操作系统和 Excel、PowerPoint 等 Office 办公软件；熟悉 Internet 互联网的基本操作。具有使用 C 语言和 VisualBasic 等计算机语言编程的能力。

英语水平

◆ 基本技能：具有一定的听说读写能力，可流畅地阅读、翻译外文文献。

◆ 标准测试：国家英语四级。

特长和爱好

◆ 擅长写作，多次在校内外发表文章，并在社团网页上有个人文集发表。

＊主要作品有：《徐晓村老师》、《阿土的爱情》、《阿 Q 又传》等。后附作品复印件。

◆ 擅长乒乓球，多次参加校内外乒乓球比赛。

＊不仅强身健体，还很好的锻炼了应战心态，对自己的心理成熟起了积极的作用。

＊由此而交得几个好朋友，也为自己的交际提供了更广阔的空间。

◆ 爱好歌唱，嗓音良好。曾于晚会之上，独唱张学友之《一路上有你》，颇得好评。

在校曾获奖励

◆ 2004 年校级乒乓球比赛男子团体第一名

◆ 2003 年校级乒乓球比赛男子团体第三名

◆ 2003 年十六届全国青年征文大赛入围奖

◆ 2002 年校团委主办"九月风"征文三等奖

◆ 2002 年度挚友社优秀工作者奖

◆ 2001～2002 年度学习优秀三等奖

自我评价

◆ 吃苦耐劳，具有很强的团队合作精神，动手能力强，能够较快地适应新事物。

◆ 文字表达能力强，有较强的心理承受能力，敢于面对失败，对自己充满信心。

【思考讨论】

这份简历的写作主要有哪几部分？重点放在哪部分？这样写的好处是什么？简历的写作重点应当放在哪里？简历有别的写法吗？应当注意什么？

【简析提示】

这份简历的写作分成了"求职意向"、"实践与实习"、"计算机水平"、"英语水平"、"特长和爱好"、"在校曾获奖励"、"自我评价"几个部分，重点放在实践与实习部分。这样写的好处是条理清楚、重点突出。个人简历应该浓缩大学生活的精华部分，要写得简洁精练、重点突出、针对性强，写作重点应当放在招聘单位看重的实践工作能力，即使没有相应的工作能力，也可以写自己的实践、实习、打工、学生工作等各种实际工作经验。

简历的写法基本内容相同，但无须千篇一律，都采用一样的格式。但不管如何布局安排，都要注意层次分明、简捷明了、突出重点，并善于根据自己的特点来组合信息模块，尽可能地扬长避短，适合职业岗位群的要求。即使陈述自己的爱好特长，也要关注与求职目标相适应的部分。

【单项实训】

为自己设计一份真实可信、简洁明了、意向明朗的简历。

第五节　求职策划书

【写法指导】

求职策划书是求职者应用市场营销方面的知识来策划整个求职过程而形成的文书。作为策划书中的一种，其写作内容与营销策划书有相仿之处，只是内容上针对求职而言，写法上因人而异。大致包括以下几个部分。

一、策划书名称

直接写出策划书的名称，即"求职策划书"，字略大，居中。

二、策划的缘由、目的、意义和目标

介绍撰写求职策划书的缘由、目的、意义，明确求职的目标。

三、求职背景分析

具体分析求职的基本情况、近况、发展趋势，说明求职的环境特征，主要考虑环境的内在优势、弱点、机会及威胁等因素，对其作好全面的分析（SWOT分析），将内容重点放在环境分析的各项因素上，对过去现在的情况进行详细的描述，并通过对情况的预测制定计划。如环境不明，则应该通过调查研究等方式进行分析加以补充。

四、求职的具体策划

作为策划的正文部分，表现方式要简洁明了，使人容易理解，但表述方面要力求详尽，写出每一点能设想到的东西，没有遗漏。在此部分中，不仅仅局限于用文字表述，也可适当加入统计图表等；对求职策划的各项目，应按照时间的先后顺序排列，或绘制图表有助于表现的直观明晰。这部分在上述背景分析的基础上，力求扬长避短，发挥自己的优势力，规避劣势与风险，明确目标，包括财务目标、营销目标，确立求职营销战略，在就业目标市场正确定位选择恰当的自我推销渠道，亮出自我推销的广告语，尤其关注求职市场的调研甚至预测到求职的风险。

五、求职活动中应注意的问题及细节

内外环境的变化，不可避免地会给方案的执行带来一些不确定性因素，因此，当环境变化时是否有应变措施、损失的概率是多少、造成的损失多大、应急措施等也应在策划中加以说明。

六、落款

落款需写明策划人与时间。

【文案示例】

求 职 策 划 书

引　　言

我是一匹狼
——一个营销人的宣言

我是一匹精悍自豪的狼
饥饿中透露着对成功的渴望
没有业绩就去死吧
营销人是以业绩论英雄的
没有创新就改行吧
营销人是以创新定输赢的
我奔驰在大山长川，四处找寻
为了理想，为了心愿
前面的路也许会有迷茫
人生的脚步也许会有彷徨
但我愿意保证
我可以为了所爱而愈挫愈勇
也可以为了理想而孤军奋战

经过四年的大学生活，即将面临毕业，如何让自己在众多求职者中脱颖而出，在用人单位面前有着眼前一亮的感觉，顺利从一个学生转变成为一个优秀的职员，事先的分析和筹划就成为必不可少的工作。独到性、创意性永远是笔者追求的目标，求职也不例外，笔者试着将自身作为一个产品，综合利用各种分析、定位、战略、战术手段，希望达到快速成为市场领先者（即在最短时间内找到理想的工作）的目标。

第一部分　市　场　分　析

一、市场背景分析（就业环境分析）

（1）本年度普通高等院校将有应届毕业生105万，其中湖南省为5.8万，较上一年稍有增长。

（2）普通高校毕业生基本上为并轨生，已从统招统分走向自主择业，双向选择。

（3）国内经济开始从亚洲金融危机的阴影中逐步回升，就业形势看好。

（4）知识经济兴起，对人才的信息化提出了更高的要求。

（5）入关在即，世界经济一体化趋势加强，对人才的国际化提出了更高要求。

（6）中国企业正从生产型、推销型组织向营销型组织转化。

二、购买者分析（招聘单位分析）

招聘单位可分为傻冒、实惠、苛刻和混混型四种类型。各型用人单位的特征如下述分析。

从现实看来，傻冒型以一部分目前效益较好的国有企业为主，但这种用人单位是不多的，也不可能存在太多时间，竞争的压力很快就会让其失去生存的机会。对于本人而言，这种企业也不是理想的安身之所，将之排除在外。

苛刻型的企业以一小部分私营企业为主，这种单位又要马儿跑得好，又要马儿不吃草，一切从自我出发，从不考虑职员利益与其发展自我的要求，不大可能招到理想人才，也不大可能保持持久生命力。所以其不是理想的组织，本人不予以考虑。

混混型企业以相当部分的国有企业为主，提供较低的薪资，也不要求职员实现很好的业绩，对市场竞争漠不关心，对市场情况反应迟钝。这种企业也不具竞争优势，本人不予以考虑。

实惠型企业又可分为两类：先要马儿跑得好，后给马儿吃好草；或先给马儿吃好草，后要马儿跑得好。前一类以一些优秀的民营企业、已市场化的国有企业为代表，后一类以一些优秀的三资企业为代表。实惠型企业能较好地同时实现企业与个人的目标，是理想的单位，本人只考虑加入此种企业。故以下仅针对此类招聘单位作进一步分析。

（1）招聘单位逐渐重视人才的综合技能，从单纯重学历走向既重学历又重能力、既看文凭又看水平。

（2）对于营销人员的选择上，倾向于选择能真正认同营销价值的人员。

（3）招聘单位对人才的使用有两种方式：长期利用型，愿意从应届毕业生中挑选，愿意长期培训；短期利用型，不愿意从应届毕业生中挑选，不愿意长期提供培训。

（4）由于营销专业是近十年才从国外引进的一个专业类别，招聘者中科班出身的少。

（5）沿海地区招聘一般有三关：初试、复试、终试；内地地区招聘是两关：初试、终试。

（6）招聘单位对人才的第一印象较为看重。

三、竞争对手分析（其他求职者分析）

从购买者（用人单位）看来，市场上的产品（人才）有经验人士和应届生两大类，对于经验人士而言，有着多年的专业与行业的积累，执行力强，市场操作经验多，能够快速地达到企业对岗位的要求，具有相对优势；但应届生也有自身的优势所在，对薪资的低要求，较强的可塑性，刚出道时的激情和较高的忠诚度也成为企业必需的人才，相对经验人士而言，在不同层面进行着竞争，有着良好发展前景。

由于本人为应届毕业生，定位于营销事业，故直接竞争者为其他应聘营销岗位的应届毕业生。

直接竞争者可分为四类：第一类是非名牌大学营销专业者；第二类是名牌大学营销专业者；第三类是名牌大学非营销专业者；第四类是非名牌大学非营销专业者。

（1）第一类人才综合技能一般、有专业基础、认同营销的价值，对本人构成一定威胁。

（2）第二类人才综合技能高、专业基础扎实、认同营销价值，是本人的最大竞争对手，应极端重视其竞争优势。

（3）第三类人才缺乏营销专业知识、营销观念不强、难以认同营销的价值，除少部分人外，一般而言选择营销事业是不得已而为之，是在没有找到合适工作下的权宜之计，一旦有自己心仪的工作机会或在营销工作中遇到挫折就会立即辞职，但由于名牌大学一般均有较宽的知识面、有较强综合技能，对本人有一定的威胁。

（4）第四类人才综合技能一般、无专业基础、难以认同营销的价值，对本人构成的威胁较小。

四、市场需求预测（就业前景分析）

（1）WTO 的即将加入使得营销竞争从国内式的竞争走向国际化竞争，以国际型营销人才需求加大。

（2）知识经济的兴起，引起了对网络人才的巨大需求，对一般营销人才的需求而言，实际量仍在增长，但增长速度逐步趋缓。

（3）经济的复苏，引起了以营销人才的巨大需求。

（4）国际国内企业对营销工作的重视，引起了对营销人才的巨大需求。

（5）从广东、江浙、京津等经济较为活跃的一些地区反馈的信息来看，营销专业为较为紧缺，有较大需求。

（6）较多企业倾向于选择综合技能较好，又能认同其价值的毕业生作为其营销人员。

从本人毕业的学校来看，是国内最早引进营销专业的高校之一，口碑较好，社会对本校本专业需求较大。

五、SWOT 分析

（一）优势点

（1）认同营销对社会的巨大价值，拥有先进的营销理念，愿意为营销事业奋斗终生。

（2）有较强的综合技能，书面、口头表达能力出色。

（3）有较好的外语、计算机技能（英语四级、计算机二级）。

（4）专业基础扎实，具有以营销学科为核心、其他相关学科为补充的合理知识结构。

（5）有较高市场分析能力，参加过较好的市场调查活动，并掌握了一些先进的市场分析工具的使用方法。

（6）有较多营销实战经验，参加了湖南省内多家企业的营销策划活动，并利用课余时间参与了一系列的产品销售活动，提出了许多有知见性的建议，并且其中有一部分已为相关单位所采纳，拥有一定实操能力。

（7）对沿海地区人文、地理环境均较为熟悉。

（8）对一些区域文化有一定的了解，能用粤语、湖南方言、川系方言自由交流。

（9）有创新精神，能用新方法、新观点影响他人。

（10）智商、情商较高，逆商特高。

（11）身体健康，吃苦耐劳。

（二）劣势点

（1）营销自身的资金有限，包括现金、存折上的资金目前仅有人民币 1450 元。

（2）英语未过六级，口语及听力水平均不高。

（三）机会点

（1）社会对营销人才有巨大的需求。

（2）卖方市场到买方市场的进一步转化，促使营销成为企业工作中的重中又重。

（3）营销专业是近来新兴的专业方向，之前科班出身的人才较少，目前这一专业的应届生也不多，竞争不大。

（4）商学院营销专业为重点专业，社会各界看好。

（四）威胁点

（1）营销观念在社会上的进一步普及需要一定时间，企业经营层的理念也还有一定差距，影响了营销人员在企业中的话语权。

（2）商学院为新合并成立不足 6 年的普通高等院校，在省外知名度不高。

第二部分 营销战略、战术

一、目标市场细分

（1）企事业性质细分：企业单位、事业单位。

（2）行业细分：消费品企业、工业品企业、咨询公司。

（3）地区细分：沿海、内地。

所有制性质细分：国有、私营、三资。

二、市场定位

（1）专业定位：专业的营销人才，熟悉市场分析，拥有敏感的市场觉察力，良好的传播理念与市场操作能力。

（2）内涵定位：崇尚"心灵交汇，创意生活"，注重人与人之间的沟通，融合各环境要素，以稳求存，以奇制胜。

三、目标市场选择

（1）企业单位。

（2）消费品企业或咨询公司。

（3）私营或三资企业。

（4）沿海企业。

所选择企业还须满足以下条件。

（1）第一部分所指的实惠型企业。

（2）前景较好的企业。

（3）求贤若渴的企业。

（4）近期局面较好的企业。

（5）有完整人才培养机制的企业。

四、营销战略

营销战略可用一心两用，三纲四目来概括。

（1）一心：一心用于营销事业。

（2）两用：其一用于完善人生，其二用于回报社会。

（3）三纲：第一纲：营销业务纲，熟悉业务工作，在业务上达到同龄人中佼佼者；第二纲：营销管理纲，在业务经验成熟时进行营销管理岗位，将自己的经验传授给新业务人员，打造一支优秀的营销队伍；第三纲：营销策划纲，在进行营销管理的同时，注重营销策划，策划好整个工作。

（4）四目：四个五年目标：①第一个五年目标：收入目标，一年后达到年收入 50000 万元，三年后达到年收入 100000 元，五年后达到年收入 200000 万元；②第二人五年目标：利润贡献目标，一年后个人为企业创造利润 200000 万以上，三年后个人为企业创造利润 500000 万以上，五年后个人为企业创造利润达 1000000 万以上；③第三个五年目标：知名度目标，五年后在同行业达到较高知名度，拥有一定的市场地位；④第四个五年目标：职位目标，五年后进入企业营销部门高层领导行列。

五、4PS 策略

（一）产品策略

规划出本人作为一个求职者的核心产品在于创新工作能力，不屈不挠的奋斗精神，强烈的上进心，优秀的团队合作思想与旺盛的再学习动力。

（二）价格策略

（1）两年内底薪 2000 元以上，月总收入 4000 以上。

（2）两年后底薪 3000 元以上，月总收入 6000 以上。

（3）五年后底薪 10000 元以上，月总收入 18000 以上。

（三）分销渠道策略

（1）通过参加长沙、广州、等地人才交流会推广自己。

（2）通过网上招聘形式推广自己。

（3）通过参加校内人才交流会推广自己。

（4）通过导师、亲友等人员介绍自己。

（四）广告与促销策略

1. 广告

（1）形象广告，树立良好形象，获得用人单位的青睐。

（2）保持整洁得体的服饰。

（3）演练动人的演说。

（4）书写求职策划书一份，以创意性观点，差异化诉求寻求用人单位的注意与赏识。

（5）印发求职材料十份作为宣传材料。

（6）利用整理自己在一些专业媒体发表的作品作为免费广告载体，宣传自身的专业性。

2. 人员推销

利用自身特点，结合对方需要，主动上门推荐自己。

3. 试用品推广

（1）以优惠价格试用三个月。

（2）现场产品演示，在面试时充分表现自己的优势点。

4. 公共关系

积极参与社会公益活动，向用人单位展示自己的社会责任心，保持良好形象。

六、补充新知识，新经验的策略

为保持持续的核心竞争力，本人仍须从以下方面不断提高。

（1）阅读有关营销书籍。

（2）向优秀的营销人员学习先进的营销思维。

（3）继续锻炼与人交往的技巧。

（4）继续培养逆商。

七、后记

一个毕业生的求职需要策划吗？需要创新吗？笔者大学时代所在的学院有着一个立意创新、不流于泛、不流于庸的风气，这一点在求职方法上也表露无余。笔者的一个学长在大三开始每隔一月就给自己心仪的企业寄上一篇自己的心得，两年内都无回复，然而学长却坚持了下来，最终在毕业的前夕接到心仪企业的电话，让其直接到公司上班。另一同学则凭空"炮制"八个产品的策划书八篇，以其创意性、策略性思维获得多个公司的青睐。而笔者毕业时经过缜密的考虑，决定将自己作为一个产品来营销，并写作求职策划书一篇，采取多种方法展示自己的优势，以独到的观察视角求得了招聘单位的认同，最终加入广东省一个著名企业，顺利完成了从学生到企业人的转变。这其中包含的一些道理，对于即将毕业的、面对日渐严峻的毕业生就业市场压力的高校学子们也是有一定的启发意义的。

（选自中国教育文摘网）

【思考讨论】

什么是策划书？策划书有哪些种类？本篇策划书的主创点在哪里？你觉得有什么启发？

【例文简析】

策划书指的是针对某一项活动进行的预先筹划、谋划而写成的文稿，又称策划案、策划稿、策划，日本人叫企划，美国人叫软科学、咨询业、顾问业或信息服务、公关传播等。产品开发或营销、活动开展、工程设计、项目投资等，要想取得成功，必定要未雨绸缪、精心策划。既要有可操作性的设想，又要有创造性的思路；既要从实际出发，又要打破原有模式。有人用简约的数学形式表达了策划是获得各项事业成功的关键，这一当今社会的基本理念，即品牌＋策划＝名牌；战争＋策划＝胜利；知识＋策划＝财富。

按不同的划分标准，策划书可分为不的种类。按对象和内容分，有政治策划、经济策划、文化策划、军事策划等。进一步细分，如文化策划可分为影视策划、产品策划、广告策划、活动策划等；经济策划可分为财务策划、产品策划、广告策划、营销策划等。按规模分，有宏观策划、中观策划、微观策划。按效果分，有确定型策划、不确定型策划、风险型策划等。

本策划书的主创点在于求职人把所学的专业知识运用到自己的求职活动中去，用策划书的形式富有创意地进行求职文案的写作，既展现了大学生的独创能力，又显示的自己的专业水平，是理论联系实际的最好诠释。

这份策划书给我们的启发是，写作也是一项创造性的活动，大学生在写作活动过程中应当注重培养自己的想象力、创造力、设计力，而不是一味地简单套用模式写作。

【单项实训】

应用自己所学的知识，根据自己的求职意向，设计一份求职策划书。

第六节　职业生涯规划书

【写法指导】

职业生涯规划书是对职业生涯规划的书面化呈现，不仅能呈现大学生的宏观职业生涯规划，还能对具体的学习和工作起到指导及鞭策作用。大学生职业生涯规划书的基本内容：

一、封面设计

包括题目、目录、姓名及基本情况介绍、年限、起止日期等。

二、职业方向及总体目标

三、社会环境分析结果

包括对政治环境、经济环境、法律环境、职业环境的分析。

四、组织分析结果

包括对行业、组织制度、组织文化、领导人、组织运行机制、发展领域等的分析。

五、自我分析

即对家庭因素、学校因素、自身条件及性格、潜力等的测评结果。

六、角色及其建议

记录对自己职业生涯影响最大的一些人的建议。

七、目标定位以及目标的分解和组合

包括发展策略、发展路径。

八、成功的标准

九、差距及缩小差距的方法

十、实施计划和方案

十一、评估调整预测

包括评估的内容、时间、规划调整的原则。

【文案示例】

职 业 生 涯 规 划 书

一、前言

在今天这个人才竞争的时代，职业生涯规划开始成为在人争夺战中的另一重要利器。对企业而言，如何体现公司"以人为本"、关注员工、关注员工持续成长的人才理念；职业生涯规划是一种有效的手段；而对每个人而言，职业生命是有限的，如果不进行有效的规划，势必会造成生命和时间的浪费。作为当代大学生，若是带着一脸茫然，踏入这个拥挤的社会，怎能满足社会的需要、使自己占有一席之地呢？因此，我试着为自己拟定一份职业生涯规划，将自己的未来好好地设计一下。有了目标，才会有动力。

二、自我盘点

我是一名当代本科生，最大的希望——成为社会有用之才。性格外向、开朗、活泼；业余时间爱交友、听音乐、外出散步、聊天和上网；喜欢看小说、散文，尤其爱看杂志类的书籍；心中偶像是周恩来；平时与人友好相处群众基础较好，颇受亲人、朋友、教师关爱；喜欢创新，动手能力较强；做事认真、投入，但缺乏毅力、恒心，学习是"三天打鱼，两天晒网"，以致一直不能成为尖子生；有时多愁善感，没有成大器的气质和个性。此外，在身高上缺乏自信心，且害怕别人在背后评论自己。

三、解决自我盘点中的劣势和缺点

所谓江山易改，本性难移，虽然恒心不够，但可凭借那份积极向上的热情鞭策自己，久而久之，自信心就会被培养起来。充分利用一直关心支持我的庞大亲友团的优势，真心向同学、老师、朋友请教，及时发现自己存在的各种不足并制定出相应计划以针对改正。经常锻炼，增强体质，以弥补海拔不够带来的负面影响。

四、未来人生职业规划

根据自己的兴趣和所学专业，在未来应该会向化学和英语两方面发展。围绕这两个方面，本人特对未来五十年作出以下初步规划。

(1) 2004～2009 年学业有成期。充分利用校园环境及条件优势，认真学好专业知识，培养学习、工作、生活能力，全面提高个人综合素质，并作为就业准备（具体规划见后）。

(2) 2009～2012 年，熟悉适应期。利用 3 年左右的时间，经过不断的尝试努力，初步找到合适自身发展的工作环境、岗位。三年内完成的主要内容如下。

1) 学历、知识结构：提升自身学历层次，从本科走向研究生，专业技能熟练。英语四、六级争取拿优秀、普通话过级，且拿到英语口语等级证书，开始接触社会、工作、熟悉工作环境。

2) 个人发展、人际关系：在这一期间，主要做好职业生涯的基础工作，加强沟通，虚心求教。

3) 生活习惯、兴趣爱好：适当交际的环境下，尽量形成比较有规律的良好个人习惯，并参加健身运动，如散步、跳健美操、打羽毛球等。

(3) 2012～2053 年，在自己的工作岗位上，踏踏实实地贡献自己的力量，拥有一个完美的家庭。

五、结束语

计划固然好，但更重要的在于其具体实践并取得成效。任何目标，只说不做到头来都会是一场空。然而，现实是未知多变的，定出的目标计划随时都可能遭遇问题，要时刻保持清醒的头脑，适时调整计划。其实，每个人心中都有一座山峰，雕刻着理想、信念、追求、抱负；每个人心中都有一片森林，承载着收获、芬芳、失意、磨砺。一个人，若要获得成功，必须拿出勇气，付出努力、拼搏、奋斗。成功，不相信眼泪；成功，不相信颓废；成功，不相信幻影。未来，要靠自己去打拼！

（选自大学生创业网）

【思考讨论】

这篇生涯规划书你认为写得怎样？写作重点何在？撰写时应注意些什么？

【简析提示】

在这个"我的未来我策划"的时代，大学生普遍对自己的未来有了一个明晰的规划，生涯策划书也就由此在大学院校普及。然而，每个人对于自己的未来人生的规划是各不相同的，因此，在写作上也存在着较大的差异，带有强烈的个性特色。本篇生涯策划书的作者着重要设计的未来是自己未来六十年的职业生涯，为此目标而对自己家庭、条件、性格等各个方面的优势和劣势进行自我盘点，从而做出适合自己的职业生涯规划。

撰写职业生涯规划书应当注意以下几点。

（1）评估自我。借助于职业兴趣测验和性格测验以及周围人对你的评价等，对自己的职业兴趣、气质、性格、能力等进行全面认识，清楚自己的优势与特长、劣势与不足。

（2）正确进行职业分析。职业生涯规划设计时要考虑到职业区域性、行业性、岗位性的具体特点。

（3）确定职业目标。大学生制定职业目标时应把个人志向与国家利益和社会需要有机地结合起来，既要有未来职业规划的顶点长期目标，也要有近期素质能力提高等类的短期目标，这才有现实的可行性。

（4）培养职业需要的实践能力。大学生的综合能力和知识面是用人单位选择大学生的依据。大学生进行职业生涯设计，除了构建自己合理的知识结构外，还具备从事本行业岗位的基本能力和某些专业能力，应注重培养满足社会需要的决策能力、创造能力、社交能力、实际操作能力、组织管理能力和自我发展的终身学习能力、心理调适能力、随机应变能力等。

（5）参加有益的职业训练。职业目标确立后，大学生要积极参与各种有益的职业训练，如暑期"三下乡"社会实践活动、大学生"青年志愿者"活动、大学生毕业实习工作、大学生校园创业活动等。

（6）评估与反馈。要善于根据环境的变化，不断对职业生涯规划进行评估与修订。

【单项实训】

认真考虑自己未来的人生目标，根据自己的个性、气质特点，为自己拟写一份职业生涯规划书。

【单元实训】

1. 选择自己向往的单位、部门或岗位群，收集与之相关的信息，记录单位部门对人才的要求及岗位条件，比较自己所具备的优势与不足，拟定求职方案，为单位撰写调查报告、建议书或投放自己的简历、求职信、自荐信等。

2. 阅读、比较下面的求职信，谈谈你对这些求职信的看法。

（1）东方朔的求职书："臣朔少失父母，长养兄嫂。年十三学书，三冬文史足用。十五学击剑。十六学《诗》、《书》，诵二十二万言。十九学孙、吴兵法，战阵之具，钲鼓之教，亦诵二十二万言。凡臣朔固已诵四十四万言。又常服子路之言。臣朔年二十二，长九尺三寸，目若悬珠，齿若编贝，勇若孟贲，捷若庆忌，廉若鲍叔，信若尾生。若此，可以为天子大臣矣。臣朔昧死再拜以闻。"

（2）李白的《与韩荆州书》："白闻天下谈士相聚而言曰：'生不用封万户侯，但愿一识韩荆州。'何令人之景慕，一至于此耶？岂不以有周公之风，躬吐握之事，使海内豪俊，奔走而归之。一登龙门，则声誉十倍，所以龙盘凤逸之士，皆欲收名定价于君侯。愿君侯不以富贵而骄之，寒贱而忽之，则三千宾中有毛遂；使白得脱颖而出，即其人焉。

白陇西布衣，流落楚汉。十五好剑术，遍干诸侯；三十成文章，历抵卿相。虽长不满七尺，而心雄万夫。王公大人，许与气义。此畴曩心迹，安敢不尽于君侯哉！

君侯制作侔神明，德行动天地，笔参造化，学究天人。幸愿开张心颜，不以长揖见拒。必若接之以高宴，比值之以清谈，请日试万言，倚马可待。今天下以君侯为文章之司命，人物之权衡，一经品题，便作佳士。而君侯何惜阶前盈尺之地，不使白扬眉吐气，激昂青云耶？

昔王子师为豫州，未下车即辟荀慈明，既下车又辟孔文举。山涛作冀州，甄拔三十余人，或为待中、尚书，先代所美。而君侯亦一荐严协律，入为秘书郎。中间崔宗之、房习祖、黎昕、许莹之徒，或以才名见知，或以清白见赏。白每观其衔恩抚躬，忠义奋发，以此感激，知君侯推赤心于诸贤腹中，所以不归他人，而愿委身国士。倘急难有用，敢效微躯。

且人非尧、舜，谁能尽善。白谟猷筹画，安能自矜。至于制作，积成卷轴，则欲尘秽视听，恐雕虫小技，不合大人。若赐观刍荛，请给纸墨，兼之书人。然后退扫闲轩，缮写呈上。庶青萍、结绿，长价于薛、卞之门，幸惟下流，大开奖饰，惟君侯图之。"

（3）韩熙载的《行止状》："愚闻钓巨鳌者不投取鱼之饵，断长鲸者非用割鸡之刀。是故有经邦治乱之才，可以践股肱辅弼之位。得之则佐时成绩，救万姓之焦熬；失之则遁世藏名，卧一山之苍翠。

某妄思幼稚，便异诸童。竹马蒿弓，固罔亲于好弄；杏坛槐里，宁不倦于修身。但励志以为文，每栖身而学武。得麟经于泗水，宁怪异图；授豹略于邳圯，方酣勇战。占唯奇骨，梦以生松。敢期坠印之文，上愧担簦之路。于是撄龙额，编虎须，缮献捷之师徒，筑受降之城垒。争雄笔阵，决胜词锋。运陈平之六奇，飞鲁连之一箭。场中勍敌，不攻而自立降旗；天下鸿儒，遥望而尽摧坚垒。横行四海，高步出群。姓名遽列于烟霄，行止遂离于尘俗。

且口有舌而手有笔，腰有剑而袖有锤。时方乱离，迹犹飘泛。徒以术精韬略，气激云霓，箕口张而阴电摇，怒吻发而暑雷动。神驱鬼殿，天盖地车。斗霹雳于云中，未为矫捷；喝樯蒲于筵上，不是口豪。酝机权而自有英雄，仗劲节而岂甘贫贱。但攘袂叱咤，拔剑长嗟，不偶良时，孰能言志？既逢昭代，合展壮图。

伏闻大吴肇基，聿修文教，联显懿于中土，走明恩于外方。万邦咸贞，四海如砥。燮和天地，岩廊有禹稷皋陶；洒扫烟尘，藩翰有韩彭卫霍。岂独汉称三杰，周举十人。凝王气于神都，吐祥光于丹阙。急贤共理，侔汉氏之悬科；待旦旁求，类周人之设学。而又邻邦接畛，敌境连封，一条鸡犬相闻，两岸马牛相望。彼则待之以力，数年而频见倾亡；此则礼之以贤，一坐而更无骚动。由是见盛衰之势，审吉凶之机，得不上顺天心，次量人事。且向阳背暗，舍短从长，圣贤所图，古今一致。然而出青山而裹足，渡长淮而弃襦，派遥终赴于天池，星远须环于帝座。是携长策，来诣大朝。

伏唯司空，楚剑倚天，秦松发地，言雄武则平窥绛灌，语兵机则高掩孙吴。经受素王，书传玄女，莫不鞭挞宇宙，驱役风雷。劳愁积而酺肉生，愤气激而臂胾起。一怒而豺狼窜摄，再呼而神鬼愁惊。捶蛮鼓而簸朱旗，雷奔电走；掉燕锤而挥白刃，斗落星飞。命将拉龙，使兵合虎，可以力平鲸海，可以拳击鳌山。破坚每自于先登，敌无不克；策马常时于后殿，功乃非矜。国家赖如股肱，边境用为堡障。勋藏盟府，名镂景钟。今则化举六条，地方千里，示之以宽猛，化之以温恭。缮甲兵而耀武威，绥户口而恤农事。漫洒随车之雨，洗活嘉田；轻摇逐扇之风，吹消疹气。可谓仁而有断，谦而逾光。贤豪向义以归心，奸尻望风而屏迹。仁见秉旄仗钺，裂土分茅。修我贡以勤王，控临四海；率诸侯而定霸，弹压八方。遐迩具瞻，威名洽著。况复设庭燎以待士，开雪宫以礼贤，前席请论其韬钤，危坐愿闻于兴废。古今英杰，孰可比方？

某才越通泄，已观至化，及陈上谒，罔弃小才。是敢辄述行藏，铺尽毫幅。况闻鸟有凤，鱼有龙，草有芝，泉有醴，斯皆嘉瑞，出应昌期。某处士伦，谬知人理，是以副明君之奖善，恢圣代之乐贤。昔娄敬布衣，上言于汉祖；曹刿草泽，陈谋于鲁公。失范增而项氏不兴，得吕望而周朝遂霸。使远人之来格，实至德之克昭。谨具行止如前，伏请准式。"

（4）10 美元求职信："亲爱的希尔先生，我是一名刚刚从一所名牌商学院毕业的学生，希望能进入你的办公室工作。因为我知道，对于一个刚刚开始他的职业生涯的年轻人来说，能够有幸在像你这样的人的指挥下从事工作，真的非常有价值。

随信寄去的 10 美元足以偿付你给我第一个星期指示所花的时间，我希望你能收下这张钞票。我非常乐意免费给您工作一个月，然后，你可以根据我的表现来决定我的薪水。我非常渴望得到这份工作，其程度超过我一生当中对任何事情的渴望，为了获得这份工作，我情愿付出任何合理的牺牲。"

第六章　礼仪类文书

第一节　贺　信

【写法指导】

贺信一般由标题、称谓、正文、结束语和落款五部分构成。

一、标题

贺信的标题通常由文种名构成。如在第一行正中书写"贺信"二字。

二、称谓

顶格写明被祝贺单位或个人的名称或姓名。写给个人的，要在姓名后加上相应的礼仪名称如"同志"。称呼之后要用冒号。

三、正文

贺信的正文要交待清楚以下几项内容：

（1）结合当前的形势状况，说明对方取得成绩的大背景，或者某个重要会议召开的历史条件。

（2）概括说明对方都在哪些方面取得了成绩，分析其成功的主观、客观原因。这一部分是贺信的中心部分，一定要交待清祝贺的原因。

（3）表示热烈的祝贺。要写出自己祝贺的心情，由衷地表达自己真诚的慰问和祝福。

四、结束语

结束语要写些鼓励的话，提出希望和共同理想。

五、落款

落款写明发文的单位或个人的姓名、名称，并署上成文的时间。

【文案示例】

国 家 电 网 公 司

贺陕西省电力公司一届一次职工代表大会暨 2006 年工作会议召开

陕西省电力公司：

在过去的一年中，你们认真贯彻"三抓一创"工作思路，开拓创新，锐意进取，全力加快电网建设，努力提高集约管理水平，确保了电网安全和队伍稳定，各项工作取得显著成绩。公司广大干部员工勤奋努力，拼搏奉献，为国家电网公司发展和国家电网建设作出了积极贡献。值此一届一次职工代表大会暨 2006 年工作会议召开之际，向全体干部员工表示衷心的感谢，对会议的召开表示热烈的祝贺！

2006 年是"十一五"发展的开局之年。希望你们继续坚持"三抓一创"工作思路，深化改革、加快发展、强化管理，全面推进内质外形建设，努力提高"四个服务"水平，在建设"一强三优"现代公司的进程中，努力超越、追求卓越，不断取得新的成绩。

国家电网公司

二〇〇六年二月五日

（选自陕西省电力公司网）

【思考讨论】

什么是贺信？简析本篇贺信的写法。

【简析提示】

贺信是对他人取得成就、获得某种职位或某组织成立、某纪念日期等表示祝贺的文书。

本例贺信是国家电网公司在陕西省电力公司召开一届一次职工代表大会暨2006年工作会议之际发出的，表示对全体干部员工的衷心感谢、对会议召开的热烈祝贺。贺信充分肯定了该公司这一年来各项工作所取得的成绩，对他们坚决贯彻执行国网公司各项工作表示肯定，并赞扬了广大干部员工勤奋努力、拼搏奉献的精神，同时对2006年寄予了希望，提出了新的要求。

【单项实训】

浙江省电力公司为大力弘扬"努力超越、追求卓越"的企业精神，深化"建功在企业，和谐促发展"主题活动，举办"迎奥运、强体能、促和谐"全员健身大展示活动，为此国家电网公司工会发贺信以表祝贺。请代表国家电网公司工会拟写贺信。

第二节　请　　束

【写法指导】

请束是用于邀请公众参加庆典、宴会、纪念会、展览会等活动时常用的通知性的人际交流形式。形式上分为横式写法和竖式写法两种，竖式写法即从右边向左边写，写法上作为书信的一种，有其特殊的格式要求，一般由标题、称呼、正文、结尾、落款五部分构成。

一、标题

一般封面已有直接印上的名称，如"请束"或"请帖"字样。

二、称呼

要顶格写出被邀请者（单位或个人）的姓名名称。

三、正文

内容另起一行，空两格，交待活动内容、时间、地点。

四、结尾

结尾要具礼，即写上礼节性的敬祝语。

五、落款

署上邀请者（单位或个人）的名称和发束日期。

【文案示例】

请　柬

×××教育局：

　　兹定于2006年3月29日上午9时在××大学学生活动中心举行"2002届毕业生供需见面会"。敬请届时光临

××大学就业指导中心（章）

二〇〇六年二月十八日

【思考讨论】

　　什么是请柬？简析本篇请柬的写法。

【简析提示】

　　请柬是用于邀请公众参加庆典、宴会、纪念会、展览会等活动时常用的通知性的礼仪文书。

　　本例请柬是某大学就业指导中心用于邀请某教育局参加"2002届毕业生供需见面会"的，活动内容、时间、地点等均交代清楚，开篇用习惯语"兹定于"句式，结尾具礼"敬请届时光临"，落款盖章，格式齐备，要言不繁，行文庄重大方。

【单项实训】

　　××大学就业指导中心决定于2006年3月29日上午9时在××大学学生活动中心举行"2002届毕业生供需见面会"，请代表该校向××教育局发一份请柬。

第三节　邀　请　函

【写法指导】

　　邀请函是为了增进友谊、发展业务、邀请客人参加庆典、会议及各种活动的信函。格式一般包括以下几方面。

　　（1）称谓。

　　（2）开头：向被邀请人简单问候。

　　（3）交待时间、地点和活动内容、邀请原因等。

　　（4）参加活动的细节安排。

　　（5）联系人、电话、地址、落款、日期。

【文案示例】

中国可再生能源和新能源产业化论坛

邀　请　函

＿＿＿＿＿＿＿＿＿＿：

　　可再生能源和新能源是我国重要的能源资源，具有资源潜力大、环境污染低、可永续利

用的特点。在煤炭、石油等化石能源发展面临资源和环境的双重压力下，开发利用可再生能源和新能源，既是增加能源持续供给能力、改善能源结构、保障能源安全的重要措施，又是发展循环经济、建设社会主义新农村的重要途径，对建设资源节约型、环境友好型社会，实现经济社会全面协调可持续发展，具有非常重要的意义。

推进可再生能源和新能源产业化进程，是加快可再生能源和新能源开发利用的必然选择。为此，全国人大环境与资源保护委员会、中国石油天然气集团公司、中国电力企业联合会、中国矿业联合会、上海联创风险投资公司将于 2006 年 6 月 17 日在北京全国人大会议中心联合主办"中国可再生能源和新能源产业化论坛"，目的是配合《可再生能源法》的实施，搭建政府机关、科研院校和企事业单位高层次、开放式的对话平台，共谋推进我国可再生能源和新能源产业化进程的有效方略，并为企业制定可再生能源和新能源的投资战略、拓展投资渠道、把握投资机遇提供现实的指导。本次论坛由国家发改委经济体制与管理研究所承办。论坛组委会诚挚的邀请您拨冗参加论坛。

中国可再生能源和新能源产业化论坛

组委会（代章）

二〇〇六年四月二十五日

（选自中国新能源网）

【思考讨论】

邀请函的基本内容有哪些？标题能否写成"关于邀请出席中国可再生能源和新能源产业化论坛的函"？简析本篇邀请函正文部分的写法。

【简析提示】

论坛邀请函的基本内容与会议邀请函一致，包括主办论坛的背景、目的和名称，主办单位和组织机构，论坛内容和形式，参加对象，论坛举办的时间和地点，联络方式以及其他需要说明的事项。

"邀请函"三字是完整的文种名称，标题不能写成"关于邀请出席中国可再生能源和新能源产业化论坛的函"，这与公文中的"函"是两种不同的文种，因此不宜拆开写。

本例邀请函正文逐项写明论坛的具体内容。开头部分写明举办论坛的背景（"在煤炭、石油等化石能源发展面临资源和环境的双重压力下"）和意义（"既是增加能源持续供给能力、改善能源结构、保障能源安全的重要措施，又是发展循环经济、建设社会主义新农村的重要途径，对建设资源节约型、环境友好型社会，实现经济社会全面协调可持续发展，具有非常重要的意义"）；主体部分先明确开坛的目的（推进可再生能源和新能源产业化进程），再写明论坛筹办的各方，时间和地点，拟实现的目标等具体事项；最后写论坛的承办者，并发出参加论坛的邀请。这是邀请函正文一般写法，主要用来交待时间、地点、活动内容、邀请原因等。

【单项实训】

××电力职业技术学院是××省人民政府批准改制的一所高等职业技术学院。该院 2008 届毕业生 1330 名，其中电力类、热工类和营销类毕业生 741 名。为促进学院 2008 届毕业生充分就业，有针对性地满足用人单位对人才的需求，同时加强学校、毕业生、用人单位之间的交流和沟通，学院定于 2008 年 1 月 24 日（星期四）下午举办"××电力职业技术学院 2008 届毕业生专场供需见面会"，邀请各电力相关单位前来学院选录毕业生。请代表学院向电力相关单位拟写邀请函。

第四节 欢 迎 词

【写法指导】

欢迎词是在接待欢迎宾客光临时对其表示欢迎的致词。其格式包括：

（1）称谓。

（2）开头。对宾客的光临表示热烈的欢迎、感谢和问候。

（3）主体。主要根据双方的关系，回顾相互交往的历程，阐明宾客来访的意义，展望美好的未来。

（4）结尾。应再次表示欢迎，并预祝来宾作客愉快。

【文案示例】

欢 迎 词

尊敬的各位领导、各位来宾：

天高云淡、秋清气爽，在这充满丰收之喜的金秋季节，我们非常高兴地迎来了陇南地区第二届农村电工岗位知识及技能竞赛的举行，这是我们陇南地区农电系统的一件盛事，标志着陇南地区农电系统的工作进入了知识化、标准化、规范化的轨道，标志着陇南地区农村电工技术素养和综合素质的不断提高。这更是我们武都电力发展建设史上的一件大事，我们深深地感到了上级领导的期望和兄弟单位的信任。作为本次竞赛的承办单位，我代表武都县电力局向各位领导、各位来宾的莅临表示热烈的欢迎！

近年来，在陇南电力局的正确领导下，陇南地区全区农电系统的发展建设取得了前所未有的进步，无论是农网改建、设备更新、规范管理等工作都取得了可喜的成绩。我局作为陇南地区农电系统中的一员，曾经取得过较好的成绩，但也有过重大的挫折。今年来，我们通过认真反思挫折，总结经验，从建章立制、加强管理、严格落实规章制度入手，改变了安全生产管理的虚飘现象；从购置微机等先进设备、加强职工培训入手，努力提高全员素质；从建设营销网络、实施微机开票、增设营业网点入手，认真开展行风建设工作，不断提高服务质量，努力营造一个宽松有利的电力营销环境，有效地促进了经济效益的增长。这一切，都离不开武都县委、政府和陇南电力局的正确领导，我们在此表示衷心的感谢。

这次农村电工岗位知识及技能竞赛的举行，是陇南电力局为了规范农电企业管理，提高农电职工业务技能，促进农电企业职工综合素质全面发展的一项重要工作，是推动新时期学习型企业建设的一个有效措施，相信通过本届岗位知识及技能竞赛的举行，一定能够有效地激发全区农电职工认真学习、刻苦钻研、与时俱进、奋发向上的进取精神，有效地推动全区农电企业的改革与发展。作为这次盛会的主办方，我们真诚地欢迎所有参加这次盛会的领导、专家、同仁和朋友们。我们将以这次竞赛为契机，认真学习借鉴兄弟单位的先进经验，取长补短，开拓创新，不断强化职工业务技能培训，建设一支业务精良、纪律严明、思想高尚、作风过硬的四有职工队伍，为我局的发展建设，为陇南电力事业的发展建设贡献自己的力量！

这次竞赛的顺利举行，得益于武都县委、政府的亲切关怀，得益于陇南电力局的正确领导，得益于全区九县兄弟单位的大力支持，作为承办单位，我们表示衷心的感谢！同时，我们也真诚地期待各位领导和同志们对我们工作的不足之处提出批评和建议，促使我们的工作更上一个新台阶。

祝各位领导、各位来宾武都之行一帆风顺、万事如意！

谢谢大家。

（选自中国教育文摘网）

【思考讨论】

什么是欢迎词？简析这篇欢迎词。

【简析提示】

欢迎词是主人为表示对来客的热烈欢迎而在座谈会、宴会、酒会等各种场合发表的热情友好的讲话。

这篇欢迎词是在陇南地区第二届农村电工岗位知识及技能竞赛举行之际，发言人以本次竞赛承办单位代表的身份，代表该县电力局向各方来宾表示欢迎的讲话。首先，对各方来宾的莅临表示了热烈的欢迎；其次，对一直支持该局工作的县委、政府和上级电力局等各方领导表示了衷心的感谢；再次，阐明了这次农村电工岗位知识及技能竞赛举行的意义，对竞赛的成功举行表示了信心；最后，以主办方的身份向各界来宾再次表示欢迎、感谢及祝愿。讲话态度热情，能用口语说话。

【单项实训】

××县电力局在新春时节迎来了省电力公司对该局安全文明生产"双达标"创建工作的正式验收。这是该电力局的一件盛事，标志着局安全生产、文明生产的工作已经步入了科学化、标准化、规范化的轨道。请代表该电力局拟写一份欢迎词。

【单元实训】

1. ××电力职业技术学院新近成立了学院就业指导中心，请代表学院领导拟写一封贺信。

2. 学院就业指导中心成立后，为沟通校企人才交流，促进学院应届毕业生充分就业，决定举办"就业顶岗实习招聘会"，请代表学院向电力相关单位拟写邀请函。

3. 为帮助应届毕业生熟悉电力行业，了解就业趋势，积累就业经验，学院就业指导中心举办"新老毕业生联欢联谊会"，请代表学院向各电力部门的校友发一份请柬。

4. 在学院举办的"新老毕业生联欢联谊会"上，请代表学院领导向来自各电力部门的校友表示欢迎，请写出欢迎词。

第七章　经济类文书

第一节　市场调查报告

【写法指导】

市场调查报告是以科学的方法对市场的供求关系、购销状况以及消费情况等进行深入细致地调查研究后所写成的书面报告。其作用在于帮助企业了解掌握市场的现状和趋势，增强企业在市场经济大潮中的应变能力和竞争能力，从而有效地促进企业经营管理水平的提高。

市场调查报告一般由如下几部分组成。

一、标题

标题一般有两种构成形式：

1. 公文式标题

即由调查对象和内容、文种名称组成。

2. 文章式标题

用概括的语言形式直接交待调查的内容或主题，多采用双题即正副标题的形式，正题揭示主题，副题补充说明调查对象范围等情况，更引人注目，富有吸引力。

二、引言

引言又称导语，是市场调查报告正文的前置部分，要写得简明扼要、精炼概括。一般应交待出调查的目的、时间、地点、对象与范围、方法等与调查者自身相关的情况，也可概括市场调查报告的基本观点或结论，以便使读者对全文内容、意义等获得初步了解。然后用一过渡句承上启下，引出主体部分。

三、主体

主体部分是市场调查报告的核心，也是写作的重点和难点所在。它要完整、准确、具体地说明调查的基本情况，进行科学合理地分析预测，在此基础上提出有针对性的对策和建议。具体包括以下三方面内容。

1. 情况介绍

即对调查所获得的基本情况进行介绍，是全文的基础和主要内容，要用叙述和说明相结合的手法，将调查对象的历史和现实情况包括市场占有情况，生产与消费的关系，产品、产量及价格情况等表述清楚。在具体写法上，既可按问题的性质将其归结为几类，采用设立小标题或者撮要显旨的形式，也可以时间为序，列示数字、图表或图像等加以说明。无论如何，都要力求做到准确和具体，富有条理性，以便为下文进行分析和提出建议提供坚实充分的依据。

2. 分析预测

在对调查所获基本情况进行分析的基础上对市场发展趋势作出预测，它直接影响到有关部门和企业领导的决策行为，因而必须着力写好。要采用议论的手法，对调查所获得的资料条分缕析，进行科学的研究和推断，并据以形成符合事物发展变化规律的结论性意见。用语要富于论断性和针对性，做到析理入微、言简意赅，切忌脱离调查所获资料随意发挥，唱

"信天游"。

　　3. 营销建议

　　这层内容是市场调查报告写作目的和宗旨的体现，要在上文调查情况和分析预测的基础上，提出具体的建议和措施，供决策者参考。要注意建议的针对性和可行性，能够切实解决问题。

【文案示例】

北京城区电力市场分析与市场营销策略

　　随着我国经济体制改革不断深入发展，经营模式由计划经济转向市场经济，电力市场也随之发生了根本性的变化，计划用电转为市场开发，当前又实施了电厂电网分开经营的新模式。一系列的改革措施给电力部门在今后的发展带来新课题。因此，如何开拓潜在电力市场、提高电力市场终端能源占有率、提高电网供电量和电量的销售等关系到企业生存与发展的问题，是我们电力企业需要花大力气调研和决策的问题。

　　一、城区电网用电量和电力市场结构

　　（一）城区电网用电量情况

　　随着北京申办 2008 年奥运会的成功，各项奥运设施已经开始陆续施工建设。经济的发展使北京市人民生活水平已经达到了小康，能源的消耗量也随之高速增长。据城区电力分公司数据统计，1993～2002 年，10 年来城区用电量正以平均 10％的速度增长。

　　（二）城区电力市场结构

　　城区第三产业发展很快，特别是商业、服务业、高科技行业。用电主要特点是行业间用电量差距较大，其中农业和地质勘探的用电量小，农业用电量尚不足万分之一；第三产业中各行业、事业机关单位、居民用电量大，约占总量的 90％，这其中事、比用电量和居民用电量加起来占到总量的 70％。北京市经过产业调整后，以第三产业特别是高科技产业为主的产业结构逐渐形成，在能源的使用上也多集中于这些行业。

　　二、供需趋势及市场潜力

　　（一）供需趋势

　　商公物仓、事业机关、居民用电已经占到总量的 85.5％。所以城区电量销售和管理工作的重点应多集中在上述单位和居民用户上。作为城区供电公司的负荷控制部门对以上单位和居民的用电情况今后也应给予高度的重视。要求电力部门在今后的电力设施改造和新建工作上要适应市政改造、城市房屋拆迁改造、电采暖工程改造、居民一户一表等出现的客观情况的需要。目前已经实现一户一表的用户为 366938 户，共计 733876kW。

　　（二）市场潜力

　　2002 年、2003 年夏季，北京持续高温、高湿，让人感到闷热，空调、电扇的使用量猛增。随之而来的是用电量的骤增。据统计城四区最高负荷出现在 7～8 月间。根据监测发现 8 月 2 日中午为 147.2 万 kW，比 2001 年中最大负荷增加了 13％。北京夏季持续高温、高湿的自然特点使大量降温设备在同一时段使用，同时还要保障其他地方、企事业单位的用电，这是造成夏季电力负荷增长的多方面原因。国家提倡使用清洁能源，而且电价比天然气价格要便宜，居民会选择较为便宜的电力，所以电力市场开发潜力巨大。

为配合北京市政府治理、控制污染，使北京的空气质量在今后几年接近发达国家城市的发展要求，政府尤其对冬季的采暖进行了彻底的改造。截至 2002 年 11 月份，城四区共用电采暖用户 332 户，总容量为 169508kW，总面积为 $1840991m^2$。移峰 153746kW，其中包括蓄热式电锅炉、直热式电锅炉、电热膜、电热泵、冷暖空调等不同形式的电采暖。从以上数字统计来分析，城四区的电力市场增幅将大于 10%，用电结构将逐步趋于多元化。

为鼓励使用电采暖，市政府已出台电采暖优惠政策，并且市政府已经在东城、西城、崇文三区试点推广电采暖模式，取得了居民平房分户式电采暖模式的成功经验，并将在其他城区的平房住户进行推广。

总之，对夏季用电高峰负荷的监测和冬季采暖趋势还应有深入细致的分析研究，对采集的信息进行量化处理，从而得出科学、合理的分析结果，用于指导今后的工作。

三、电力市场开发及营销策略

（一）北京能源结构分析

早在 1999 年城区供电公司负荷管理科就针对北京市能源结构情况，特别是电能使用占有情况作过调查。发现城四区正在使用的能源有原煤、焦炭、煤气、天然气、汽油、煤油、柴油、燃料油、热力、电能等。这些能源在当时都起着非常重要的作用。我们对这些能源的使用占有率作了统计。折合成标准煤计算结果得出电能的市场占有率为 52%。但是到了 2002 年，对以上能源的市场占有率再次统计发现电能的市场占有率下降了一个百分点，为 51%。分析电能市场占有率下降的原因，主要是因为热力、天然气等能源替代了电能。另外，2002 年在冬季电采暖电力优惠政策出台后，电力公司并没有抓住这一机遇，制定出相应可行的市场营销策略和整体规划，结果丧失了好的竞争机会，市场占有率没有明显的提高。

按户数统计：锅炉改造成燃气的用户数是 41 户，占改造总户数的 30%；改造成热力的用户数是 18 户，占改造总户数的 13%；改造成燃料油的用户数为 27 户，占改造总户数的 20%；改造成电能的用户数为 17 户，占改造总户数的 12.5%；改造成其他能源的占改造总户数的 23.7%。

按使用锅炉量统计：改造成燃气的是 62 台，占改造总台数的 34.6%；改造成热力的是 38 台，占改造总台数的 21%；改造成燃料油的是 41 台，占改造总台数的 23%；改造成电能的是 25 台，占改造总台数的 14%；改造成其他能源的占改造总台数的 7%。

通过以上数据分析看电能改造的情况要落后于天然气和燃料油的改造，与热力改造的情况基本相同。目前电锅炉改造占改造总台数的 14%，这与我们预期的改造占有率 20% 的目标相差六个百分点，情况不容乐观。

在了解目前改造清洁能源的市场发展情况后，我们要根据客观实际情况制定出切实可行的营销方案。

（二）市场营销策略

1. 逐步建立、完善电力营销的技术支持系统，建立先进的网络营销体系

电力营销技术支持系统是电力营销现代化建设中重要的组成部分。电力营销体系的建设工作涉及面广，它涵盖了数据采集、经营业务、管理决策等多方面的工作。因此必须针对各项工作的实际需要设计相应的技术支持系统。在此基础上将各部分技术支持系统进行整理，最终实现电力营销工作全过程都有技术系统进行支持，实现资源使用效益最大化。

　　电力营销技术系统应大体分为电力营销管理系统、客户服务技术支持系统、自动抄表系统、客户缴费技术支持系统和电力负荷管理系统这五大系统，它们之间相互制约又相互帮助；相对独立又相互关联。建立这样的电力营销技术支持系统是电力营销事业迈向现代化的客观要求。

　　2. 电力营销策略的制定

　　电力企业是把电能作为商品来进行销售的，只有将产品销售出去后才能换来企业的经济效益。电能作为特殊的商品如何制定出合理的市场营销策略，就要从多方面考虑。影响营销策略制定的因素总括起来有价格因素、供电质量、服务水平等。这三个要素将成为今后制定营销策略的核心内容。

　　第一，价格营销策略。目前电力市场上的电价是由政府强行制定的，并没有通过市场需求来进行调节，它还是计划性质的电价。所以它的销售额并不能反映出电力企业真实的经营成本和经营状况。关于电价如何制定？是否根据市场的客观规律来制定出合理电力价格等问题就成为政府和电力部门需要研究解决的问题。针对目前电价存在的问题，电力企业要在电力市场发展的规律指导下，在政府法规、政策的要求下配合政府作好电价的制定工作，制定出合理的、适应经济发展需要的电价。

　　鼓励节能，削峰填谷。针对不同时段的电能使用量大小不同制定出不同时段不同的电价；针对不同电力使用量的客户特别是国有大型企业、高科技企业、国家重点扶持行业、居民等需求群体应制定不同的用电使用价格。通过价格很好的调整峰谷时段的电量，节约能源，使能源的使用更趋于合理。例如冬季采暖使用蓄热式电锅炉既解决了环保问题，又解决了电力企业在冬季电量使用低谷期的销售问题。

　　第二，优质营销策略。随着电厂与电网的彻底分离，电网加快了建设和改造的步伐，在建设改造过程中融入了很多先进的技术和设备。供电的安全性、可靠性不断提高，电压、频率、波形越来越稳定，供电质量有了很大的提高，目前已经能满足客户对电能质量的基本要求。但还需继续努力以逐步达到发达国家的质量水平。

　　第三，服务营销策略。电能销售额是否能提高，其中一个不可忽视的因素就是服务质量。电力企业服务水平的高低，直接影响着电力营销策略实施的结果。

　　电力企业中职工、干部应逐步转变自身的经营思想，树立竞争观念和市场观念，努力提高自己的业务技能。企业应加强对职工综合业务素质的培养，树立"客户至上，服务第一"的观念。同时应建立社会监督渠道，加强舆论监督和群众监督。如建立用户满意指数模型，运用层次分析法的思想构建多层次、多指标的用户满意指数测评体系，对供电质量、服务质量、服务水平等进行测评。也可以定期地进行用户问卷调查，通过问卷调查获取客户对电力企业服务的总体质量综合的测评，以达到提高服务质量的目的。

　　总而言之，目前我国电力工业改革进入到了重要的发展时期。十五计划的制定和实施，中国改革开放步骤的加快将推动我国电力体制改革逐步深化。电力市场将进一步开放，逐步建立统一、开放、竞争、有序、透明的电力市场。在新的形势下，要继续坚持"客户至上，服务第一"的原则，同时以市场需求为导向指导我们的生产；并通过制定实施科学合理的市场营销策略来达到电力事业加快发展的最终目的。

（选自教学资源网）

【思考讨论】

这是一篇什么类型的经济类文书？它的核心部分主要写些什么？

【简析提示】

本例是一篇市场调查报告。主体部分是市场调查的核心，分三个部分：一是介绍北京"城区电网用电量和电力市场结构"的基本情况。二是从"供需趋势"、"市场潜力"两方面来进行分析预测。三是从电力市场开发及营销策略的角度提出详尽的营销建议，如对于电力营销策略的制定，从影响营销策略制定的因素来考虑，制定出价格营销策略、优质营销策略和服务营销策略。这些具体的建议和措施的提出，为北京城区电网建设的决策者提供了有益的参考。

【单项实训】

尝试用抽样调查的方法，调查本地区某种电力产品市场的现状并写成调查报告。

第二节 经 济 活 动 分 析

【写法指导】

经济活动分析报告一般采用总结性报告的写法，通常包括标题、正文和落款等几个部分。

一、标题

标题主要有两种：一是完整式标题，主要由分析单位、分析时限、分析内容和文种等要素组成；二是简要式标题，又称概要式标题或省略式标题，这种标题省略了分析单位、分析时限和文种等内容，只概括分析报告的主要内容。

二、正文

正文一般是由基本情况、分析评价和建议措施三部分组成。

1. 基本情况

这部分的写法因人而异比较多样，一般写明经济活动的基本情况，包括主要经济指标的完成情况、技术或管理措施情况等等。

2. 分析评价

分析评价是经济活动报告的重点，只有对情况进行细致深入、恰如其分的分析，才能对经济活动作出正确的评价，促进工作的开展。需要应用应用数据进行分析，同时做出恰当的评价。

3. 建议措施

建议措施是分析的归结点。

三、落款

落款一般撰写经济活动分析报告的单位名称、人员姓名和写作日期。

【文案示例】

三大跨国公司在中国输配电市场的营销分析

进入 21 世纪，一场"电荒"，让中国电力行业饱受煎熬：一方面是电力供应不足；另一方面是电网建设滞后。电力行业一度由局部"电荒"走向社会性的"电荒"。

有道是"几家欢乐几家愁"。在电力行业遭遇寒流之时，各地电源项目纷纷上马。2004年，电站开工规模达 1.5 亿 kW，全国在建电站规模达 2.8 亿 kW。种种迹象表明，输配电设备供应商的春天已经来临。2000 年前后至今，仅世界六大跨国公司 ABB、西门子、三菱、日立、东芝和 GE 在中国就建立了几十家独资、合资企业。世界输配电领先企业的进入以及民营企业大举进军，使在输配电产业环境变化背景下的输配电市场变化莫测，产品研发能力和客户服务能力，营销运营能力正逐步成为输配电设备制造企业制胜的关键点。

第一部分　ABB 的营销变术

一、营销战略调整

就像航船需要舵手一样，营销战略是每一个公司整体战略的重要组成部分，也是其发展战略的核心功能之一。ABB 的成功很大一部分来自于其适时的营销战略调整。

ABB 曾被人称作"欧洲双头鸟"，是全球多总部模式的典型代表。

1988 年 1 月 1 日，ABB 首席执行官巴尼维克详细分析了产业发展趋势和市场机会，在 ABB 内部提出了矩阵网络结构。1993～1998 年，ABB 的内部营销组织一直延续其全球矩阵组织模式：一方面按照以产品为导向的基础组成四大业务部门，涉及 50 多个业务领域；另一方面以区域为基础，形成三大地理区域，1300 多个独立法人公司，以及总计 5000 多家的自治当地单位，这些当地单位被称作利润中心，有单独的资产负债表及损益表，是独立的公司及利润中心。

但是，随着市场形势及客户需求的不断变化，其双层管理导致了责任混乱及政策执行缓慢等弊端。自 1988 年开始，突飞猛进的 ABB 在 21 世纪初遇到了困难。2000 年，ABB 公司实现销售收入 229.7 亿美元，较 1999 年下降了 6％，同时公司经营现金流由 15.8 亿美元下跌了 35 亿～12 亿美元，同年公司卖掉了发电及交通技术业务。

ABB 不得不简化管理层。ABB 集团组织结构由总裁、CEO、CFO 以及业务部门的最高管理者构成，地区层次的结构被取消。即使这样，问题仍然没有缓解。

2001 年 1 月 11 日，ABB 集团时任总裁兼首席执行官 Jorgen Cen terman，在分析研究了以上弊端后，于瑞士苏黎世宣布，ABB 正在以客户为中心，重组其全球企业结构。其模式是：首先，与客户签订合同，然后寻找履行合同的资源，特点是实施销售与生产分离，销售通过前端销售统一实现，生产则通过其设在全球各地的独资企业来实现，与此同时 ABB 的联合企业总部的人员水平从超过 2000 人缩减到仅 150 人。其次，精简机构，2004 年 1 月 1 日起，公司正式将其业务概括为电力技术部门（Power Technology，简称 PT）及自动化技术部门（Automation Technology，简称 AT）两大部门。

ABB 把这种成熟的营销战略调整渗透到了中国输配电市场。

ABB 在中国的业务主要分为两个层次：第一层次为 ABB（中国）投资有限公司，负责 ABB 在中国的所有独资及合资的生产性公司的管理与控制；第二层次为 ABB 在中国的生产制造性企业和其设在全国各地的销售分公司或办事处。

ABB 在中国的营销组织布局主要围绕 ABB 统一的前端销售（Front－endSales）的营销理念进行，通过以 ABB（中国）投资有限公司及其设在全国四大区域、各个省份的销售公司及办事处，建立了统一的营销组织体系。

营销组织布局分为三个层次，分别为：国家级（National Division）、区域级（Regional）、省级（Area or Section）。其中，国家级指的是 ABB（中国）投资有限公司。区域级指的是 ABB 将其在中国内地的业务分部按照区域划分为四个大区域，具体包括华东区（管理部门在上海）、华南区（管理部门在广州）、华北区（管理部门在北京）以及华中区（管理部门在武汉），各个区域分别管理了该区域内的相关省市，如华东区管理了上海、江苏、浙江、福建、安徽四省一市；华东和华中目前已经实现了管理的当地化，中国内地人员已经成为该两大区域的负责人。省级指的是中国内地的各个省市。

与之相适应，ABB 在中国负责销售的人员一般依据不同的业务领域（BU）分为四种不同的岗位，如电力技术产品这一业务领域，在中国可以分为以下四种具体岗位：销售副总、区域经理、省级经理、销售工程师。

在这种营销结构下，整体系统解决方案的承接或营销工作主要由各地办事处代表 ABB 进行，ABB 在中国的各制造公司不进行整体项目的承揽，而只是提供本公司生产产品的销售支持活动（SalesSupport）。各产品生产制造企业则依据 ABB（中国）投资有限公司完成的销售及回款情况，分别给予一定比例的销售佣金；而各地的销售分公司及办事处则由 ABB（中国）投资有限公司予以考核，并给予相应的费用。

二、以客户为导向的 ABB

巴尼维克曾说："我每年要与 100 个左右的客户对话。在当前，你不与那些买者和决策者建立直接的联系，你就不可能成为一个成功的企业，世界变化太快，各种事情都是重要的。缺乏信息交流的管理就像是在夜里开车，关掉前车灯一样。有谁愿意冒这个险呢？"

在巴尼维克看来，客户并不一定说出他们需要什么或想要什么，这没有关系。因为，与客户直接接触可以提供你需要的线索，你可以按照这些线索把客户的需求设想出来，而这正是今天的供应商面临的第一大挑战。

从客户的角度出发进行思考，产生了促使 ABB 建立全球网络的想法，因为客户希望与当地的公司做业务，希望得到当地的就业机会和当地的服务。

巴尼维克经常思考的问题是：对客户来说，什么是最重要的？明天的利润区会在哪儿？

巴尼维克的思想深刻地影响着每一位 ABB 成员，在他们的心目中，保持和客户的伙伴关系、完善以客户"为中心的销售、与客户价值共享成为指导他们营销思路的主导思想。"

ABB 与中国的往来可追溯到 20 世纪初期。1907 年，ABB 就提供给中国一套蒸汽锅炉。随着业务的不断发展，ABB 集团 1974 年在香港创立了中国地区总部，1994 年底把中国地区总部迁至北京。至此，ABB 在中国已有 23 家销售机构，27 家独资/合资公司，员工人数 6000 人。

目前，ABB 在中国的销售额仅次于美国和德国，2004 年，ABB 在华赢得的订单总额达到 26 亿美元，相比 2003 年 16 亿美元增长了 62％。公司的两大核心业务部门——电力技术部和自动化技术部的新订单增长率分别达到 98％和 44％。该集团在中国市场的目标是，到 2008 年销售额将增长到 40 亿美元，取代德国成为该集团的第二大市场。ABB 集团董事长、首席执行官杜曼先生认为："5 年后中国会成为 ABB 集团的第一大市场。"

第二部分　西门子的策略与创新

一、"SiemensOne" 策略

5 月 23 日，西门子（中国）有限公司和上海弈天时域自动化工程有限公司就业务并购举行了签约仪式。按照协议规定，上海弈天时域自动化工程有限公司将更名为西门子（上海）过程分析工程有限公司，成为西门子中国有限公司自动化与驱动集团和西门子全球的过程仪表及分析业务。西门子（上海）过程分析工程有限公司的成立将显著增强西门子在中国过程分析工程领域的实力。

不管是并购其他业务还是卖掉手机业务，这些均只是西门子对自身产品线进行的战略性调整。对调整之后的产品及服务，西门子要进一步实施另一大战略，那就是，西门子（中国）有限公司总裁郝睿强在接受媒体采访时多次提到的"SiemensOne"策略，意指西门子在集团范围推行的一体化策略。

西门子全部的业务集团均已进入中国，分布在信息与通讯、自动化与控制、电力、交通、医疗、照明及家电等行业中。同时，西门子在中国建立了超过 45 家运营公司和 51 个地方办事处，而且这个数字很快就会增加到 60 个。面对如此庞大、复杂的组织机构，沟通协作是个大问题，否则容易造成各个业务集团之间、各部门之间各自为政。这是很多大型跨国公司存在的共性问题，郝睿强推行的"SiemensOne"策略无疑是一个很好的解决办法。

西门子认为，各个业务部门之间的沟通与合作非常重要，协同作战往往能取得更好的成绩，也就是 $1+1>2$。西门子的业务范围很广，如何为顾客提供系统解决方案，"SiemensOne"策略很重要。比如卖医疗设备，是简单地卖设备给医院，还是提供支持设备运转的电力、控制等基础设施？西门子考虑的是后者。

为了推行这一计划，西门子每季度都要召集各个分公司负责人开会，互通有无，共同筹划公司未来发展。西门子还在中国设立了西门子中国研究院（CT），专注于知识产权、标准化以及用户界面设计等方面的工作。

"SiemensOne"策略凭借西门子集团全面的产品、系统、服务及专业技能，首要侧重于大型基建项目，旨在通过加强整个组织内的合作，提高市场的渗透力，推动新领域的增长。目前，西门子集团已在 35 个国家建立了"SiemensOne"一体化组织，并在各公司总部设立"SiemensOne"一体化团队，帮助这些纵向设置的组织结构提高横向整合能力，在现有和新市场领域发起跨部门、跨区域的解决方案，并在适宜时机参与销售活动。这一切措施的目的都是在于通过增强并扩大目前的交叉销售行为，将客户价值最优化。

2004 年 5 月，西门子宣布在华"利润与增长"战略（全称为实现在华业务利润及增长的 12 点措施）。战略的主要措施包括：进一步提升对华的市场渗透；各具体业务集团在华的增长战略；人才本地化战略；提升中国在西门子全球业务中的地位。

为了更好地实现西门子业务对中国的市场渗透，西门子需要更靠近客户。因此，西门子计划在未来一段时间更多地在中国各省市建立办事处，计划从 28 个办事处增加到 60 个，从而更好地赢得市场，并更好地保持与已有客户的良好关系；更好地推行经营一体化工作，西门子计划与其在美国及其他国家一样，在中国大力推进"SiemensOne"一体化战略。

"SiemensOne"一体化战略，使西门子尽一切可能聚焦客户，西门子在中国各地的地区办事处，分门别类的设立了部门销售人员，如西门子（中国）上海分公司输配电部销售人员。其目的在于可以通过统一的对外口径接待客户，让客户可以通过和单一销售部门或人员的接触，获得所需产品或服务，而非与不同产业集团或制造商打交道，这一点与 ABB 有类似的地方。

二、技术创新

除了聚焦客户，西门子认为其在输配电设备行业成功的另一关键因素是技术创新。

以西门子输配电业务部在中国的发展为例：作为产品供应商以及整体解决方案、系统集成和服务的供应商，西门子输配电（PTD）集团在中国的输配电领域积极占领市场、发挥作用。该集团的创新型电力传输技术保证了电能在长距离传输中的能源损耗降至最低，确保电能从发电厂安全、经济地传输给消费者。

PTD旗下的5家合资企业主要致力于开发市场，在质量、技术、可靠性、安全性和长服务周期方面致力于满足本地需要，他们主要生产空气绝缘和气体绝缘的开关设备、断路器、变压器和陶瓷真空开关管。

2004年5月，PTD与河南许继集团签署协议，兴办一家合资企业，生产高压直流输电（HVDC）和稳定供电网络的系统。

2004年6月，西门子集团宣布在江苏南京成立西门子电力自动化有限公司，该公司主要为中国电力行业提供产品、系统和整套电力自动化的解决方案。

2004年6月，西门子避雷器（无锡）有限公司成立，该公司主要生产和销售硅橡胶制成的直接模压成型避雷器。

将能源从中国内陆地区运输到能源缺乏的沿海地带已成为保持经济增长和生活质量的首要因素。西门子在输配电业务领域的一个重大突破是在2004年9月完成了贵—广高压直流（HVDC）输电线的调试，比预期提前了6个月。这也是全球第一条运用先进的半导体闸流管技术的输电线，能确保1000公里以上的远距离、低损耗输电。发展高压直流电力传输（HVDC）是西门子对华实现"利润与增长"战略中电力业务的发展战略内容。

西门子的创新无处不在。负责研究开发工作的西门子股份公司董事会成员古方慈教授（EdwardKrubasik）在一次新闻发布会上说："西门子在研发领域拥有5.7万多名员工，其中3万名员工致力于产品、系统、设备以及服务方面的软件开发工作。这些数据已清楚地表明西门子是一家全球性以信息技术为推动力的高科技公司。"

第三部分　三菱营销之痛

1978年11月，三菱电机会同三菱商事等共同承接向中国上海宝山钢铁总厂提供火力发电设备的合同，这也是三菱电机与中国内地恢复商务往来的开端，在其后的近三十年中，三菱电机通过直接出口、与中国电力设备厂商合作生产、在中国设立合资企业等多种方式在中国拓展电力设备业务。

理论上，三菱电机的所有成熟产品和技术都在向中国销售，但由于其核心营销主体——三菱电机（香港）有限公司的主要业务运作方式的点式单项目营销，所以目前其整体市场份额和品牌影响力远远落后于ABB、西门子和同为日系的东芝。

一、营销体系之痛

三菱电机电力设备营销体系的构成可分为三层。

（1）总部控制的主干营销网络：在日本本土主干网络是由各营销支社和电力销售合资公司（目前有14家）构成；在境外，主干销售网络由三菱电机在当地设立的骨干销售公司（如三菱电机香港有限公司等）的电力设备营销部门以及法人性质的营销合资公司组成。其特征是，只销售三菱电机及其合资伙伴的电力设备。在中国，由三菱电机株式会社本部控制的主干网络包括：三菱电机（香港）有限公司及其北京办事处、上海办事处、广州办事处以及设立于北京的电力工程技术处。

（2）由各类外部代理商组成的辅助销售网络：在日本本土主要由三菱集团相关的综合商社组成；在日本境外，主要是由多元化经营的日系综合商社组成。其主要特征是，代理商是跨行业经营的，并且大多同时代理三菱电机和其他日系重电设备厂商的产品；在中国第二层辅助网络包括三菱商事、住友商社等日系综合商社在中国内地的分支机构。

（3）产销兼营的合资公司的自有销售体系。其特征是以销售本公司产品为主，由合资公司自主运营或依托合资方的销售网络，同时也通过三菱电机骨干营销网络及辅助网络销售其产品，但不参与三菱电机母公司的产品销售。在中国第三层是制造销售兼营的合资企业的自有销售网络（JV）。这种分散形式的决策模式的好处是保持了各子系统的灵活性，不利之处是三菱电机本部与合资公司之间的关系，关注点更多地集中于内部分割。

从营销体系角度分析认为：三菱电机电力设备在中国市场的发展滞后主要原因包括：

（1）单纯强调当前利益，忽视中长期计划，造成营销能力和资源不能持续积累，与ABB、西门子等欧美厂商以及日系的东芝相比，营销能力和市场影响力增长缓慢。

（2）作为核心销售主体的三菱电机（香港）有限公司，业务多元化，优点是运营资源可以共享，缺点是容易由于关键资源配置不足，造成各个单项业务资源支持的确定性下降，影响到业务的推进成效。

（3）三菱电机在JV的设立及运营管理中，强调日本本部的直接利益和对优势的控制，造成合作谈判漫长，JV自身的发展受到制约，合作深化进展缓慢，不能及时应对市场机会和竞争变化。长期积累的结果是，整体业务规模增长缓慢，市场份额未能稳定增长。

三菱电机营销体系的成败得失，特别是其近10年在中国市场上与欧美企业发展路径的差异，揭示出了电力设备行业的许多共性规律：要在努力获取当期项目的同时，有明确的中长期计划，统筹积累营销资源，持续强化主干营销渠道的对外业务能力，优化内部协同；在强化自有营销体系能力的同时，可以通过发展多种形式的战略/业务联盟，整合和利用外部能力，增强自身的市场影响力和获取能力；受电力设施更新周期和宏观经济发展状况影响，一国的电力设备市场必然呈现周期波动。对大型电力设备供应商而言，这意味着一要开拓国际市场，平衡国内需求波动；二要反应迅速，在地区性需求增长期间及时抓住发展机会。对于电工设备供应商而言，制造基地的地域分布对其综合成本影响巨大，并且是价格竞争力和最终利润的主要因素之一，例如ABB、西门子、东芝、三菱电机等在中国电力设备各细分市场的市场份额和影响力，都与其在此一领域的制度本土化程度显著相关。

二、品牌管理之痛

三个钻石的Mitsubishi标志是连接三菱集团系列企业的图腾符号和文化纽带，大多数三菱成员企业多年沿用，并且采用企业、商标、产品三位一体的品牌战略，使得三菱品牌成为当今全球应用最广、认知度最高的品牌之一，与多数全球知名品牌"核心企业拥有，授权成员企业使用"的情况不同，三菱品牌是由其成员企业共同拥有、共同管理。

金曜日俱乐部总经理会议是三菱品牌使用和管理基本准则的决策机构。三菱集团及其成员企业在全球140个国家中为三个钻石的标志拥有几乎5500项注册。

共同拥有、共同管理使得三菱品牌很容易在使用中自然增值，品牌认知度和信任度的叠加效应非常显著，并在更广泛的意义上提升了成员企业在商务合作中的谈判地位和主动性。

　　同时，由于三菱成员企业的行业特征和经营状况不一，问题日渐突出：品牌含义多元化，对单个企业的市场定位和企业形象产生干扰效应；共同拥有、共同使用体制下，各成员企业都存在"搭车心理"，对品牌宣传的投入不足；"一荣俱荣，一损俱损"是共同使用的必然效应，单个企业的负面事项会使整个三菱品牌的形象在一段时间内受到影响。

（中国机械资讯网）

【思考讨论】

　　简析本篇经济活动分析。本篇例文在写作上给人什么样的启发？

【简析提示】

　　《三大跨国公司在中国输配电市场的营销分析》综合分析了世界三大跨国公司 ABB、西门子、三菱在中国输配电市场的营销运营能力，分别分析了这三家不同跨国公司在输配电产业环境变化背景下的产品研发能力和客户服务能力的概况与特点，从而让人认识到"营销运营能力正逐步成为输配电设备制造企业制胜的关键点"。这是一篇综合经济活动分析，主要运用了比较分析的方法。

　　本篇例文让我们看到撰写经济活动分析报告，要做到以下几点：第一，要准确、全面地掌握材料；第二，要合理地运用分析方法；第三，要合理结构谋篇。

【单项实训】

　　1. 下面经济活动分析用到哪些分析方法？请写出分析结论。

　　（1）一个典型的电力公司目前拥有 50 个发电站与输电系统，到 2010 年，与之相连的发电站将达到 5 千个甚至 5 万个。这种变化类似于一个公司从 1980 年拥有三台主机计算机，发展为 1994 年拥有 3 万个个人计算机。这种变化要求电力系统的运行方式有一个重大变革。

　　（2）技术经济水平得到较大提高。供电标准煤耗从 1978 年的 471 下降到 2003 年的 380 克/千瓦时；发电厂用电率从 6.61％下降到 6.07％；线路损失率从 9.64％下降到 7.71％；平均单机容量达到 5.51 万 kW。

　　2. 仔细阅读表 7-1，分析表中数据并写出一份简单的经济活动分析。

表 7-1　　　　　　　　　　　华东电网供电量

计算单位：亿 kWh,%	当 月			累 计		
	本 年	去 年	增长率	本 年	去 年	增长率
合　计	1124.57	972.29	15.66	12042.36	10434.91	15.40
华东电网	318.13	267.96	18.72	3507.30	2879.29	21.81
网　损	1.09	0.93	17.02	14.35	11.70	22.60
上海公司	53.09	45.53	16.61	589.05	498.05	18.27
江苏公司	98.90	80.77	22.45	1054.07	848.29	24.26
浙江公司	88.90	78.25	13.61	1016.26	813.69	24.90
安徽公司	34.70	29.77	16.58	369.15	323.92	13.96
福建公司	41.45	32.71	26.71	464.42	383.63	21.06

第三节　市场预测报告

【写法指导】

经济预测报告由标题、前言、正文三部分组成。

一、标题

经济预测报告的标题形式多样，常见的有以下三种形式。

1. 全称标题

由预测时限、预测范围、预测对象和文种四个要素构成。

2. 简称标题

由预测对象和文种两部分构成。

3. 消息式标题

这种标题类似新闻报道中的消息标题。标题中没有"预测"字样，却能看出是预测。预测结论在标题中点明。

二、前言

经济预测报告的前言写法多样，有的可以概括介绍预测对象的总体情况，有的可以交代预测的时间、地点、对象、范围、目的及调查方法，有的可以交代预测的结论等。

三、正文

经济预测报告的正文，一般包括介绍历史与现状、预测、建议三部分。

1. 介绍历史与现状

即运用市场调查中所获取的各种资料数据，说明预测对象过去和现在的有关情况，并对能够影响预测对象发展变化的有关因素进行必要的分析，以便为下一步预测未来的发展趋势和提出对策与建议提供事实根据。

2. 预测

预测是根据前一部分介绍的情况、资料和数据，运用科学方法对预测对象进行分析研究，对未来作出判断。

3. 建议

必须以对现状的客观分析为基础，提出既具有发展前景又切实可行的意见和措施，不能笼统抽象，更不能脱离实际。

【文案示例】

榆 林 电 力 市 场 预 测

郭宏中　李　晶　陕西省榆林市榆阳区电力局

一、电力市场预测的含义和方法

电力市场预测就是电力企业在市场调查和市场需求分析的基础上，运用逻辑和数学方法，对市场未来的发展变化趋势作出描述并对其数量作出估计，可分为定性预测法和定量预测法。

定性预测法又叫判断分析法，它是凭借人们的经验、专业知识和判断能力，在对预测问题进行充分深入地了解和分析的基础上，对未来市场发展趋势做出性质和程度上的判断、估计和测算。它也是一种传统的预测方法。

定量预测法也叫统计预测法，它是根据准确、及时、系统、全面的调查统计数据和资料，运用统计方法和数学模型，对预测对象的发展规模、水平、速度和比例关系等在数量上做出估计的方法。

二、榆林电力市场预测定性预测

1. 调查对象的确定

为了准确预测榆林电力市场发展趋势，应用市场定性预测方法，我们选定不同阶层的31人进行了调查，调查人员如表7-2所示。

表7-2　　　　　　　　　　　　　人员调查表

调查对象	政府官员	公司领导	总工	中层管理人员
人数（个）	4	8	3	16

2. 调查方式选择

为了翔实、全面、准确地掌握电力市场发展的趋势，调查中采用了"问卷法"和"访谈法"相结合的方式。首先将榆林电力公司2005～2006年售电量及结构变化率预测表发给调查对象，待收回整理、分类后对各指标进行算数平均（比如，不同的调查对象对大宗工业的年同期增长率预测值不同，经算术平均后作为调查值），然后再与调查对象进行访谈，进一步沟通和探讨，修正调查值。

3. 榆林电力市场增长因素和趋势调查统计

按照以上调查方式分类汇总后得出表7-3，即榆林电力公司2005～2006年售电量及结构变化率的预测值统计表，表7-3反映了调查对象对榆林电力公司市场的估计和测算。

表7-3　　　　　　　　2005～2006年售电量及结构变化率预测值

指标 ＼ 用电性质	大宗工业	非普工业	贫困县农排	居民生活	非居民生活	趸售	商业	其他	平均
年同期增长率（%）	54.04	48.3	18.3	22.32	26.73	27.60	51.28	9.47	38.56
结构变化率（%）	4.63	3.57	1.34	0.94	−0.47	−0.16	0.48	0.21	0.00

三、定量预测

1. 用电结构分析

榆林电力公司2003～2004年售电情况和2004年售电结构如表7-4和图7-1所示。

表7-4　　　　　　　2003～2004年度榆林电力公司售电情况　　　　（单位：万kWh）

年度 ＼ 用电性质	大宗工业	非普工业	贫困县农排	居民生活	非居民生活	趸售	商业
2003	246476	23986	7318	18700	5316	19681	6696
2004	327769	28051	8501	20766	6870	19121	8851

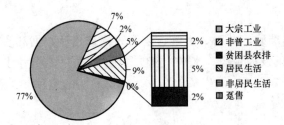

图 7-1　2004 年售电结构图

从表 7-4 和图 7-1 可以看出大宗工业用电占系统售电量的 77%，售电量同比增长 81293 万 kWh，增长率为 33%；非普工业用电占系统售电量的 7%，售电量同比增长 4065 万 kWh，增长率为 17%；贫困县农排用电占系统售电量的 2%，售电量同比增长 1183 万 kWh，增长率为 16%；居民生活用电占系统售电量的 5%，售电量同比增长 2066 万 kWh，增长率为 11%；非居民生活用电占系统售电量的 2%，售电量同比增长 1554 万 kWh，增长率为 29%；趸售用电占系统售电量的 5%，售电量同比增长 −560 万 kWh，增长率为 −3%；商业用电占系统售电量的 2%，售电量同比增长 2155 万 kWh，增长率为 32%。对以上数据进行分析可以看出，系统大宗工业继续保持较大幅度的增长。从其他电量增长状况来看，一是商业用电的电量保持强劲的增长势头；二是贫困县农业电量保持了很高的增长幅度；三是居民生活用电和非居民生活用电增长幅度较高。由此可见，能源重化工基地的建设和城农网改造拉动了电力市场的需求。

2. 用电量预测

首先，分析榆林电力公司 1995～2003 年度售电量。

榆林电力公司 1995～2003 年售电量预测与实际比较曲线如表 7-5 和图 7-2 所示。

从表 7-5 和图 7-2 可以看出，榆林电力市场需求很旺，特别是 2000 年后，随着榆林能源重化工基地的逐步开发，一大批能源重化工项目陆续进入实施阶段，带动了榆林电力市场的快速发展，使榆林电力需求高速增长。从图 7-2 可看出，榆林电力公司售电量（图 7-2 中实际值曲线）呈非线性增长，售电量变动轨迹与二次多项式曲线基本吻合，因此，初步选择二次曲线趋势延伸预测模型对榆林电力公司售电量进行预测。

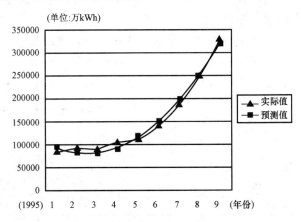

图 7-2　1995～2003 年售电量预测与实际比较曲线图

其次，计算差分（后一年售电量减前一年售电量）。

由表 7-5 可知，该时间序列观察值的二阶差分大致相等，其波动范围在 −12708～23748 之间。综合售电量曲线图和差分分析，确定选用二次曲线趋势模型进行预测。

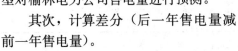

表 7-5　　　　　　　　　　差 分 计 算 表　　　　　　　　　（单位：万 kWh）

年份	售电量 y	一阶差分	二阶差分
1995	84384		
1996	91883	7199	
1997	86374	−5509	−12708
1998	102583	16479	21988
1999	110321	7468	−9011

年份	售电量 y	一阶差分	二阶差分
2000	141222	30901	23433
2001	183539	42317	11416
2002	249604	66065	23748
2003	325890	76286	10221

最后，求模型的参数和二次曲线趋势。

二次曲线预测模型为：

$$yt = a + bt + ct2$$

式中，yt 表示预测值，t 表示时间（一般用序号表示）；a、b、c 是三个待定参数。

可用最小平方法求得，结果如下。

将表 7-6 数据代入以下方程组：

$$b = \sum ty / \sum t2 \tag{1}$$
$$c = (n\sum t2y - \sum t2\sum y)/[n\sum t4 - (\sum t2)2] \tag{2}$$
$$a = (\sum y - c\sum t2)/n \tag{3}$$

式中，n 表示数据数目，即预测统计年份的数目；y 表示售电量。

在运用过程中，a、b、c 的公式很复杂，为简化 a、b、c 计算，可采用一定的技巧，设法使 $\sum t = 0$，也就是使序号的代数和为 0。方法是：如果我们预测 2010 年的售电量，若已经取得 2003～2009 年历年的售电量数据，售电量数据数目为 $n = 7$，数据数目为奇数，则一般地把中间的那个时期定为 0，可按时间顺序设 7 组数据的时序 t 分别为 -3，-2，-1，0，1，2，3；若数据数目为偶数（如 $n = 6$，数据是 2004～2009 年的），则一般地把位于中间的那个时期的值定为 $+1$ 和 -1，可按时间顺序设 6 组数据的时序分别为 -3，-2，-1，1，2，3，这样仍然能保证 $\sum t = 0$。在本文中将序号 t 取为 $-4 \sim 4$，是因为收集的历年售电量数据是九组（$n = 9$，是 1995～2003 年的售电量数据），也可以更多，让 $\sum t = 0$，使计算简便，将序号分别代入表 7-6。

表 7-6 　　　　　　　　　二次曲线趋势模型参数计算表 　　　　　　（单位：万 kWh）

年份（年）	序号 t	t'	$t4$	y	Y	$y1$	$Y4$
1995	-4	16	256	-337536	1350144	84384	95610
1996	-3	9	81	-275649	826947	91883	82846
1997	-2	4	16	-172748	345496	86374	81690
1998	-1	1	1	-102853	102853	102853	92142
1999	0	0	0	0	0	110321	114202
2000	1	1	1	141222	141222	141222	147870
2001	2	4	16	367078	734156	183539	193146
2002	3	9	81	748812	2246436	249604	250030
2003	4	16	256	1303560	5214240	325890	318522
合计	0	60	708	1671886	10961494	1376070	

将表 7 - 6 数据带入公式（1）、（2）、（3），经过计算得：$a = 114202$，$b = 27864$，$c = 5804$。

将 a、b、c 值代 $y_t = a + bt + ct2$ 得二次曲线趋势模型：

$$y_t = 114202 + 27864t + 5804t2 \tag{4}$$

根据表 7 - 6 和式（4）将图 7 - 2 补充完整，再观察预测值 y 与实际值 y 的实际差别。

若要预测榆林电力公司 2004 年的售电量，则其对应 $t = 5$ 代入上述公式（余类推）：

$$t = 5(2004)$$
$$y_t = 114202 + 27864 \times 5 + 5804 \times 52$$
$$= 398622（万 kWh） \tag{5}$$
$$t = 6(2005)$$
$$y_t = 114202 + 27864 \times 6 + 5804 \times 62$$
$$= 490330（万 kWh） \tag{6}$$
$$t = 7(2006)$$
$$y_t = 114202 + 27864 \times 7 + 5804 \times 72$$
$$= 593046（万 kWh） \tag{7}$$

通过以上计算得出 2004 年售电量预测值为 398622 万 kWh、2005 年售电量预测值为 490330 万 kWh、2006 年售电量预测值为 593046 万 kWh。

（选自 2005 年第 7 期《农电管理》）

【思考讨论】

简述经济预测的含义、作用及其种类。简析本篇经济预测报告。

【简析提示】

预测学是指借助于已知事件测定未知事件。经济预测是以准确的调查统计资料和信息依据，从经济现象的历史、现状和规律出发，运用科学预测的理论、方法和手段，对经济现象未来发展前景的测定。经济预测是经济决策科学化的前提，是编制计划，加强计划指导的依据，是企业加强经济管理，提高经济效益的手段。

经济预测可分为以下几类。

（1）根据预测的对象范围不同，可以分为宏观经济预测和微观经济预测。

（2）根据预测时期的长短不同，可以分为长期经济预测、中期经济预测和短期经济预测。

（3）按预测的方法的性质不同，可以分为定性经济预测和定量经济预测。

（4）按预测的时态不同，可以分为静态经济预测和动态经济预测。

本篇例文是电力工作人员是在对当地电力市场调查和市场需求分析的基础上，运用逻辑和数学方法，对该市电力市场未来的发展变化趋势作出预测的报告。本文标题是一个简称标题，由预测对象"榆林电力市场"和文种"预测"两部分构成。前言部分介绍了"电力市场预测的含义和方法"，正文重点进行"榆林电力市场预测定性预测"，先运用市场调查中所获取的各种资料数据，从"调查对象的确定"、"调查方式选择"概括介绍预测对象的总体情况、通过"榆林电力市场增长因素和趋势调查统计"即榆林电力公司 2005～2006 年售电量及结构变化率的预测值统计表，说明预测对象过去和现在的有关情况，并对能够影响预测对象发展变化的有关因素进行必要的分析，从"用电结构"、"用电量"这两个方面进行定量预测，运用差分计算、综合售电量曲线图和差分分析等科学方法，选用二次曲线趋势模型进行科学预测，得出该市电力市场未来的发展的预测数据，从而为决策者对电力市场未来作出科学判断提供参考，把不确定性或风险降到最低限度。

【单项实训】

表 7-7 为未来 20 年我国生产用电需求预测，阅读并回答表后问题。

表 7-7　　　　　　　　　　**未来 20 年生产用电需求预测**　　　　　（单位：万 kWh）

年　　份	2001	2005	2010	2015	2020
第一产业	762	835	957	1129	1333
第二产业	10370	15814	20680	28258	36899
第三产业	1442	1956	2977	4340	6136
合　　计	12575	18606	24614	33728	44367

（1）该表是从什么角度来预测未来 20 年我国生产用电需求的？

提示：影响电力需求的因素很多，如经济发展水平、产业结构、能源利用效率等。

（2）选择填空：

从总产值来看，2000 年三种产业的产值比重为_____，到 2020 年三种产业的产值比重变化为_____，第一产业比重持续_____，第三产业比重保持_____的态势。

A. 10.3∶67.2∶22.6　　6.0∶67.9∶26.1　　下降　　上升

B. 10.3∶67.2∶22.6　　10.3∶67.2∶22.6　　上升　　下降

C. 6.0∶67.9∶26.1　　6.0∶67.9∶26.1　　上升　　下降

D. 6.0∶67.9∶26.1　　10.3∶67.2∶22.6　　下降　　上升

从单位产值电耗来看，1994 年以来，第一产业呈一定的_____上升趋势。第二产业单位产值电耗基本上呈现快速_____下降的趋势。预计未来随着产业结构的调整、能源利用效率的_____，第二产业单位产值电耗将继续_____。

A. 下降　　上升　　下降　　提高

B. 上升　　下降　　提高　　下降

C. 上升　　下降　　提高　　提高

D. 下降　　上升　　下降　　下降

（3）请根据表格中提供的数据对我国生产用电需求进行预测分析。

提示：总用电需求包括生产用电需求和生活用电需求。影响生产用电的两个主要因素是单位产值电耗和产业结构。

（4）根据上述预测分析，请谈谈你对未来电力发展的看法。

【单元实训】

1. 表 7-8 是某电网 2000～2004 年的装机容量与网最大负荷的数据，请在经济活动分析的空白处填上必要的数据或词语。

表7-8　　　　　　　　××电网主要电源装机（网调调度日报口径）

	2000 年	2001 年	2002 年	2003 年	2004 年	2005 年预计
装机容量（MW）	17660	18080	19040	21860	23700	27620
比上年增长		2.4%	5.3%	14.8%	8.4%	16.5%
最大负荷（万 kW）	11030	11550	13650	16090	18510	21020
比上年增长		4.7%	18.2%	17.9%	15.0%	13.6%

从上表可以看出，2000 年到 2004 年，××电装机容量增加了 _____（14.8%、16.5%、34.2%），而最大用电负荷增加 _____（18.2%、15.0%、67.8%），超出装机容量增长近 _____（1 倍、1.5 倍、2 倍）。2000 年以来，西北电网电源建设 _____（增长、不足、滞后），装机容量的增长了 _____（接近、滞后、落后）于用电负荷的增长。

全网装机容量 _____（增长、不足、滞后）。2003 年全网共计限电 7.6 亿 kWh，2004 年全网共计限电 15.96 亿 kWh。2004 年全网火电机组年平均利用小时数为 6734h，部分机组年平均利用小时数为 _____（接近、不足、超过）或 _____（接近、不足、超过）8000 小时，影响了机组检修安排，对电网、设备安全造成不利影响。

由上分析，可得出下面结论：电源建设相对 _____（增长、不足、滞后），装机容量 _____（增长、不足、滞后）。

2. 根据表格提供的数据，对 2005 年××电网装机容量与网最大负荷进行预测分析，并提出鲜明的观点与看法。

3. 根据上述分析，请提出你的建议措施。

4. 试说明该经济分析中所采用的经济活动分析方法。

第八章　论　　文

第一节　论　文　选　题

【写法指导】

一、选题的方法

17世纪法国著名的思想家笛卡儿曾经说过："最有价值的知识是关于方法的知识。"要选好毕业论文的题目，就要了解和掌握选题的一些具体方法。常见的选题方法有以下两种。

1. 浏览捕捉法

浏览捕捉法就是通过对所占有文献资料快速、大量地阅读，在比较中确定题目的方法。一般可按以下步骤进行。

（1）广泛浏览资料。

（2）将阅读所得到的方方面面的内容进行分类、排列、组合，从中寻找问题、发现问题，并将材料按纲目分类。

（3）将自己在研究中的体会与资料分别加以比较、思考，萌生自己的想法，把这种想法及时捕捉住，再作进一步的思考，明确选题的目标。

2. 追溯验证法

追溯验证法即根据自己平素的积累，初步确定准备研究的方向、题目或选题范围，但这种想法还需按着拟想的研究方向，跟踪追溯。可从以下几方面考虑：

（1）自己的"拟想"别人没有论及或者论及得较少，是对别人的观点有补充作用，则可以把"拟想"确定下来，作为论文的题目。如果自己的"拟想"虽然别人还没有谈到，但缺乏足够的理由来加以论证，考虑到写作时间的限制，那就应该中止，再作重新构思。

（2）自己的想法只是部分的与别人的研究成果重复，则可缩小范围，在不重复方面深入研究。如果自己的想法与别人完全一样，便无须再作考虑。

（3）善于捕捉一闪之念，抓住不放，深入研究，顺势追溯下去，最终形成自己的观点。

二、标题的拟写

标题是文章的眉目。各类文章的标题，样式繁多，但无论是何种形式，总要以全部或不同的侧面体现作者的写作意图、文章的主旨。论文的标题一般分为总标题、副标题、分标题几种。

1. 总标题

总标题是文章总体内容的体现。常见的写法有以下几种。

（1）揭示课题的实质。高度概括全文内容，往往就是文章的中心论点。它具有高度的明确性，便于读者把握全文内容的核心，如《县级行政机构改革之我见》。

（2）提问式。用提问的方式，隐去要回答的内容，激发读者的注意，如《商品经济等同于资本主义经济吗?》。

（3）交代内容范围。标题本身看不出作者所指的观点，只是对文章内容的范围做出限定。拟定这种标题，一方面是文章的主要论点难以用一句简短的话加以归纳；另一方面，交代文章内容的范围，可引起同仁读者的注意，以求引起共鸣。这种形式的标题也较普遍，如《试论我国农村的双层经营体制》。

（4）用判断句式。这种形式的标题给予全文内容的限定，可伸可缩，具有很大的灵活性。文章研究对象是具体的，涉及面较小，但引申的思想又须有很强的概括性，涉及面较宽。这种从小处着眼，大处着手的标题，有利于科学思维和科学研究的拓展，如《从乡镇企业的兴起看中国农村的希望之光》。

（5）用形象化的语句，如《科技史上的曙光》等。

2. 副标题和分标题

（1）为了点明论文的研究对象、研究内容、研究目的，对总标题加以补充、解说，有的论文还可以加副标题。特别是一些商榷性的论文，一般都有一个副标题，如在总标题下方，添上"与××商榷"之类的副标题。

（2）为了强调论文所研究的某个侧重面，也可以加副标题。如《开发蛋白质资源，提高蛋白质利用效率——探讨解决吃饭问题的一种发展战略》等。

【论题示例】

论 文 选 题

1. 电力市场下改善营销技巧的初步探讨
2. 市场机制下梯级水电站群短期优化调度模型研究
3. 电力市场化条件下定价的联动分析
4. 电力市场细分及其应用
5. 扩频载波用户终端的居民远程抄表系统设计
6. 关于电力客户服务中心的调研报告
7. 一起接线错误引起设备损坏的事故分析
8. 加强供电企业电力营销管理的方法
9. 电力营销管理信息系统的体系结构优化
10. 增供扩销——供电企业的营销策略
11. 论供电企业市场竞争策略
12. 同网同价后电力市场营销策略研究
13. 独立发电企业市场营销刍议
14. 4RS 营销策略在电力营销的应用
15. 加强营销服务　开拓电力市场
16. 搞好电力营销市场管理之我见
17. 计收高耗能企业电费的优化选择
18. 客户关系管理在供电企业中的应用
19. 自动催费系统在电费回收中的应用
20. 关于在电力营销中运用广告的思考
21. 电力营销中电子商务的特殊性及其网站促销策略
22. 电力客户消费心理活动过程探析

23. 电力营销信息系统整合浅析
24. 电力营销实时信息系统建设的实践与思考
25. 电力大客户营销管理初探
26. 供电企业实施服务营销战略的思考
27. 电力市场与市场营销——从电力消费者市场谈市场营销
28. 完善发电营销　提高企业效益
29. 营销稽查：从促销到促效
30. 电力营销核心业务流程的再造

【思考讨论】

上述论题在标题的制作上有什么样的特点？论文标题的拟写有什么样的要求？

【简析提示】

上述论题在标题的制作上显示出以下一些特点：

（1）专业性强。针对营销专业的某方面实际问题来进行探讨。如《4RS 营销策略在电力营销的应用》是就电力营销的策略应用问题来谈的。

（2）关注行业取向。在研究的领域里，较多地侧重行业应用领域中的实际价值。如《供电企业实施服务营销战略的思考》关注的是供电企业这一特殊的行业领域中实施服务营销战略。

（3）既关注理论的探讨，又关注实践中的实际应用。如《电力大客户营销管理初探》是关于理论方面的探讨、《自动催费系统在电费回收中的应用》则关注实践中的实际应用。

（4）论题大小适度。如《一起接线错误引起设备损坏的事故分析》是从具体的事故分析来论述的，小而足论，从一起接线错误来进行设备损坏事故的分析。又如《论供电企业市场竞争策略》则从理论上论述市场竞争策略的，大而有度，是限于供电企业市场范围内的。

标题的拟写，有三方面要求：一要明确，要能够揭示论题范围或论点，使人看了标题便知晓文章的大体轮廓、所论述的主要内容以及作者的写作意图。二要简练，论文的标题不宜过长，也不能过于抽象、空洞，长了容易模糊不清；使用抽象、空洞的词汇，让人费解，哗众取宠。三要新颖，标题和文章的内容、形式一样，应有自己的独特之处。

【单项实训】

1. 列出你所知道和想阅读的专业文献资料。
2. 确定你准备研究的方向、题目或选题范围。
3. 指出下列论题的错误，并作修改。

（1）金属疲劳强度的研究。

（2）35Ni－15Cr 型铁基高温合金中铝和钛含量对高温长期性能和组织稳定性能的影响的研究。

（3）关于钢水中所含化学成分的快速分析方法的研究。

（4）对农村合理的人、畜、机动力组合的设计。

（5）冠状动脉疾病运动后异常血压反应的决定因素。

（6）内镜荧光检测对诊断消化道癌的评价。

（7）电力不足所造成的影响及展望。

（8）关于网络成瘾问题我们青少年应如何面对这一问题。

第二节　论　文　提　纲

【写法指导】

一、论文提纲的种类

论文提纲可分为简单提纲和详细提纲两种。

1. 简单提纲

即高度概括的、只提示论文的要点、如何展开则不涉及的提纲形式。这种提纲虽然简单，但由于它是经过深思熟虑构成的，写作时能顺利进行。

2. 详细提纲

即把论文的主要论点和展开部分较为详细地列出来。如果在写作之前准备了详细提纲，那么执笔时就能更顺利。

简单提纲和详细提纲都是论文的骨架和要点，选择哪一种，要根据作者的需要。如果考虑周到，调查详细，用简单提纲问题不是很大；但如果考虑粗疏，调查不周，则必须用详细提纲，否则，很难写出合格的论文。总之，在动手撰写毕业论文之前拟好提纲，写起来就会方便得多。

二、编写论文提纲的方法

（1）先拟标题。

（2）写出总论点。

（3）考虑全篇总的安排：从几个方面，以什么顺序来论述总论点，这是论文结构的骨架。

（4）大的项目安排妥当之后，再逐个考虑每个项目的下位论点，直到段一级，写出段的论点句（即段旨）。

（5）依次考虑各个段的安排，把准备使用的材料按顺序编码，以便写作时使用。

（6）全面检查，作必要的增删。

【文案示例】

电子商务环境下的电力客户关系管理研究

刘树良　华北电力大学（河北）　硕士论文

第1章　绪论

1.1　本课题提出的背景和意义

1.2　本课题国内外的研究现状

1.3　研究电子商务环境下的电力客户关系管理意义和动机

第2章　客户关系管理

2.1　客户价值的计算

2.2　客户关系管理的产生与内涵

2.3　客户关系管理的特征

5.3 讨论

第 6 章 保定供电公司客户服务中心的网络营销

6.1 客户服务中心网络营销面临的机遇

6.1.1 网络营销的外部条件

6.1.2 内部条件和微观经济环境

6.1.3 电力商品的特殊性有利于实行网络营销

6.1.4 网络营销的优势有利于推动电力网络营销

6.2 客户服务中心网络营销面临的挑战

6.2.1 思想观念滞后

6.2.2 网站与网络的基础设施建设跟不上

6.2.3 市场体制与网络防范机制不健全

6.2.4 技术与管理人才素质较差

6.3 客户服务中心网络营销应对的措施

6.3.1 树立网络营销的新观念

6.3.2 加强网站与网络基础设施建设

6.3.3 正确实施电力网络营销的策略

6.3.4 提高电力企业网络营销人员的素质

第 7 章 结束语

【思考讨论】

这是一份什么类型的提纲？这样拟写提纲有什么样的好处？拟订论文提纲应把握什么样的原则？

【简析提示】

本例是一份详细提纲，即把论文写作的主要论点和展开部分较为详细地开列出来。拟写此类详细提纲，能够为论文写作提供极大的便利，使写作行文过程中思路明晰、逻辑严密、条理清楚、文思不乱、气势恢宏。

拟订论文提纲，应把握以下几方面原则。

（1）要有整体观念。从整体出发去检查每一部分在论文中所占的地位和作用，合理分配各部分的长短比例。

（2）由中心论点确定详略取舍。与中心论点无关的删除；有关系但不十分重要的略写；有重要关系的详写。

（3）安排好各部分之间的逻辑关系。要关注部分与部分、论点与论点、论点与材料各方面的逻辑关系，注意内容之间有虚有实、有论点有例证、理论和实际相结合，论证过程应有严密的逻辑性。

【单项实训】

1. 查找一篇你认为对自己研究有帮助并有较高学术价值的论文，根据内容写出这篇论文的提纲。

2. 列出你想研究的课题，并拟写出简单的论文提纲。

3. 根据上述准备，开一次学术论文交流会。

（1）每人三分钟，简单介绍自己喜欢的学术研究领域及其论文。

（2）内容可以介绍自己撰写的论文提纲，也可以推荐别人的优秀论文纲要。

（3）可以采用 PPT 等电子版，辅助交流、介绍。

（4）如有相关实物，也可以实物展示，辅助介绍。

第三节　论　文　格　式

【写法指导】

论文如果只是为申请学位的论文答辩所用，不发表，可以单行本形式出现，加以封面。封面设计有题名、学校、专业（系科）、指导教师姓名、作者姓名、论文提交日期等项，依次如实填写。

论文达到一定的研究水平，在高校学报上公开发表，格式有所区别，取消封面，论文大致包括标题、作者署名、摘要、关键词、正文、注释、参考文献目录等部分。在专业刊物上发表的论文，有的项目可略去。

一、标题

标题是论文内容的高度概括，可直接揭示论点或课题的具体内容，应写得简明扼要，准确鲜明。标题不宜过长，必要时也可使用破折号，加副标题。

二、作者署名

只有直接参加研究工作的人，亲自撰写研究成果的论文者，才有权利、资格署名。作者的姓名应写在标题之下中间位置。

三、摘要

摘要也称内容提要，是论文内容的高度浓缩，应具有独立性和概括性，即不阅读论文全文，就能获得必要的信息。一般应包括研究的目的、对象、方法、内容、结论及应用范围等。

四、关键词

关键词是从论文选出的最能代表论文中心内容特征的有实质意义的名词和术语，以三至五词为宜。

五、正文

正文是论文的中心，体现了作者学术理论水平的高低和研究成果的创造性。一般包括绪论、本论、结论三部分。

1. 绪论

也称引言，简要说明研究课题的目的、意义、范围。对研究的课题，前人研究的情况、现状及发展趋势作客观的阐述，表明自己研究的依据及方法等。

2. 本论

具体表述自己的研究成果，要求以充分有力的材料阐述观点，准确把握论文内容层次间的各种内在联系。由于研究涉及的学科、选题、研究方法、表达方式等各有不同，对本论内容写作上不能作统一要求。论文的结构层次的安排要根据研究内容来选择拟定，体现形式能更好地为内容服务。

3. 结论

结论是全文的归纳、总结部分。一般写论证得到的结果，即研究成果的结论，也可对自己或他人在这一领域的研究提出要求及发展趋势。这部分要求结论明确，文字简练。

六、注释

论文写作中，有些问题需要在正文之外加以解释，这就是注释。注释的功用有两类，一类是补充论文的内容，一类是注明资料的出处。

七、参考文献

为了反映论文的科学依据，尊重他人的研究成果，论文写完后一般应列出主要参考文献。这样便于了解作者阅读资料的广度和研究的深度，也便于研究相同课题的读者查阅资料。

【文案示例】

杭州市电力局市场营销大客户管理模式研究

夏霖　浙江大学企业管理系

中文摘要：大客户管理（KAM）是近年来发展起来的理论，并已在电信业、银行业等领域获得成功应用。就我国电力行业而言，市场营销理论才刚被引入，大客户管理的理论研究则几乎是空白。很多供电企业虽然推出了大客户服务的措施，然而缺乏理论指导。本文正是针对这一现状，通过对大客户管理理论的研究，试图为我国供电企业的大客户管理提供一个有效的管理模式。本文以杭州市电力局为研究对象，首先分析了杭州电力市场营销的背景与现状，而后在大客户与大客户管理理论阐述的基础上，分析了杭州市电力局大客户管理的现状与存在的问题。通过这些理论与现状分析的铺垫，本文将研究重点放在构建杭州市电力局大客户管理模式上。在所构建的大客户管理模式中，本文着重探讨了大客户界定、大客户专项服务、大客户管理流程、组织体系、系统支持等几个核心要素的内容及其相互之间的关系。为确保大客户管理模式的现实可行性，本文还探讨了大客户管理模式实施时可能存在的难点，并给出了相应对策。本文的研究以理论为基础，结合工作实践，构建了杭州市电力局大客户管理的模式，较具实际操作性。

关键词：电力　市场营销　大客户　管理模式

The Mode Research of Key Account Management of Hangzhou Power Bureau's Marketing

Abstract：In recent years，key account management（KAM）has become a crucial issue for many companies. Driven by some form of 80/20 rule—80% of current or potential revenues come from 20% of customers—many firms have come to realize that these customers must be treated somewhat differently from the average customer. Of course，it is one thing to recognize that these accounts should be treated differently，it is quite another to figure out exactly what to do. In China，it's only several years ago.

Key words：electric power；marketing；key account；management mode

【思考讨论】

试用论文的各要素构成检测本篇论文的格式。

【简析提示】

论文格式一般包括标题、作者署名、摘要、关键词、正文、注释、参考文献等部分。本篇论文也一样，标题为《杭州市电力局市场营销大客户管理模式研究》，作者署名为浙江大学企业管理系的夏霖；摘要则分别以中英文样式拟写；关键词为"电力，市场营销，大客户，管理模式"；正文（包括"引言"、"杭州市电力局市场营销现状分析"、"杭州市电力局大客户管理现状与问题分析"、"杭州市电力局大客户管理模式建构"、"杭州电力大客户管理模式实施难点与对策"与"结语"六部分）；还包括参考文献、附录、后记等部分，各要素齐备，格式规范。

论文写作应注意以下事项。

（1）选题要恰当。

（2）了解课题研究现状。

（3）调查研究丰富论文内容。

（4）拟定详细的论文提纲。

（5）反复修改、精益求精。

【单项实训】

1. 查找一篇你认为对自己研究有帮助并有较高学术价值的论文，根据内容写出这篇论文的基本写作格式。

2. 试为自己拟一个研究的课题，并用论文的格式要求写一份简单的纲要。

3. 根据论文所提供的摘要，拟写该论文的标题并概括出本文的关键词。

（1）从一次实验中遇到的问题，分析了微机保护的低周减载功能特点，提出了使用中的注意事项。

（2）阀门是电站系统中不可缺少的流体控制设备，在电站事故造成的经济损失中，有相当部分是由阀门泄漏造成的。文章介绍了一般性的阀门密封原理，分析了引起阀门泄漏的原因，提出了改进阀门密封性能的措施。

（3）随着我国加入 WTO 和国家电力公司改革的不断深入，电力作为一种既清洁又安全的能源消费商品，将面对能源消费市场的激烈竞争。如何提高它的市场份额，对电力企业今后的可持续发展有着深远的影响。本文试图通过对市场占有率分析、需求导向分析、广告促销效果分析的探讨，研究电力市场营销综合效益分析开展的可能性。

（4）电力是国民经济的重要能源，把市场营销的观念引入电力企业中，充分发挥"电力先行"的职能，是社会的需求和市场竞争的需要。针对当前电力市场的供求变化，结合未来的发展，在电力企业中实施积极有效的营销策略对电力体制改革有着重要的促进意义。

第四节　电力专业论文

【写法指导】

电力专业技术论文是学术论文中科技论文类的一种，专门对电力生产建设、技术革新、技术改造领域内的某些现象或问题进行研究、探讨，所以它既具有学术论文的科学性、创新性、理论性、学术性等一般特点，又具有电力科学本身的特点。

电力专业技术论文的结构一般分为两大部分：前置部分和主体部分。前置部分包括题名、作者姓名和单位、摘要、关键词；主体部分包括引言、正文、结论、致谢、参考文献等。如有必要，前面还可设封面、目录，后面还可有附录、结尾。各部分的具体写法与普通论文相仿，而更突出电力的专业行业特色。

一、标题

标题要用最简明、最确切的词语反映文章的特定内容，一般不超过 20 字，尽量避免使用化学结构式、公式，不大为同行所熟悉的符号、缩写以及商标名称等。好的题目应该准确得体、简短精练、引人注目；外延内涵恰到好处，能准确表述论文内容，恰当界定研究的范围和深度；有利于索引的分类。

二、作者署名

署名是作者文责自负和拥有版权的标志，必须实事求是。署名者应对文章全部内容负责并有解释答辩能力。

三、摘要

摘要是对文稿内容的准确、扼要且不加注释或评论的简略表述，含有的主要情报信息量等同于原论文。摘要中有数据、有结论，是一篇完整的短文，内容通常包括论文的写作目的和研究对象、研究方法、研究结果及结论等几个要素，重点是结果和结论。写作摘要须注意：①要着重反映文稿的新内容和特别强调的观点，不举例证，不讲研究过程，也不作自我评价；②不得简单地重复题目中已有的信息，避免使用图表和化学结构式；③文字必须简练，内容充分概括，中文摘要一般不超过 300 字，外文摘要（用作国际交流时）不宜超过 250 个实词；④要用第三人称过去式写法，不要使用"本文"、"笔者"等作主语，主题句应采用"对……进行了研究"、"研制了……装置"、"介绍了……方法"、"分析了……原因"等句型。

四、关键词

关键词是为了适应计算机自动检索的需要而从论文中选取出来用以表达全文主题内容的词或词组。每篇论文要选取 3~5 个关键词，以显著的字体另起一行，排在摘要的下方。两个关键词之间空一个字距，不用标点符号。

五、引言

引言主要回答"为什么研究"这个问题。要简明介绍论文背景和选题原因，相关领域前人研究的历史与现状，作者的意图、依据（包括追求目标、研究范围、理论基础、研究设想、方案选取）、预期结果和意义等。

六、正文

正文是电力专业技术论文的核心部分，占论文的绝大部分篇幅，主要回答"怎么研究"这个问题。正文部分要充分阐述其观点、原理、方法及达到预期目的的整个过程，并突出一个"新"字，以反映文稿的独创性。根据需要，正文部分可以分层论述，按层设小标题。一般包括研究对象，实验和观测方法，仪表设备和原材料，实验和观测结果，计算方法和编程原理，相关的理论和数据资料，经过研究、分析而形成的论点，导出的结论等内容。写作重点应放在应用相关的理论进行研究、分析的独特之处。正文部分的注释（以及引言部分、结论部分的注释）采用呼应形式，注码用圈码写在加注处的右上角（标点符号之内）。

七、结论

结论部分是整篇论文的总体结论，而非某一分支问题的局部结论，更不是正文中各层小结的简单重复。结论应当体现作者更深层的认识，应当是正文中理论分析和实验结果的合乎逻辑的发展，应当是经过分析、判断、推理、归纳等逻辑分析过程而得到的新的学术见解。一般包括"本研究结果说明了什么规律，解决了什么问题"，"对前人工作作了哪些检验、发展、证实或证伪"，"本文的不足之处及尚未解决的问题"等内容。

八、致谢

论文作者可根据实际情况，对有关组织或个人表示感谢。谢词要写得真挚恳切而又有分寸。

九、参考文献

参考文献指论文作者亲自阅读过的、与正文直接有关的（包括直接引用与间接引用）、发表在正式出版刊物上的文献。内部讲义及未发表的著作，一般不宜作为参考文献著录。

十、附录

附录是文稿的附件，不是必要的组成部分。附录向读者提供正文中部分内容的详尽推导、演算、证明，有关仪器、装备或解释、说明，以及有关的数据、曲线、照片或其他辅助资料（如计算机的框图和程序软件、专用术语与符号的解说等）。

【文案示例】

农村电力市场改革与发展的对策分析[❶]

谢传胜 赵孟祥 郭强

内容提要： 本文分析了我国农电市场在中国电力市场的地位，指出了目前开拓农电市场存在的主要问题，提出了以市场营销的观念和策略来开拓农村电力市场的观点和具体措施。

关键词： 农村电力市场 市场营销 发展

一、我国农村电力市场的重要地位

从 1978 年我国改革开放以来，我国经济的各方面都取得了举世瞩目的成绩。我国的电力工业也没有置身于外，一直在不断的改革与发展。从"集资办电"以来至今，装机容量已超过 3 亿 kWh，一举扭转了长期的缺电局面。国家电力公司的建立，标志着我国的电力工业正在进行市场化改革。内部模拟电力市场，厂网分开，上网电价，标志着我国的电力工业正在朝着单一购电者模式发展，最终目标是建立批发竞争型电力市场和零售竞争型电力市场。

按照电网统一调度、分级管理的要求，我国将逐步形成五个层次的电力市场，即国家电力市场、大区电力市场、省电力市场、地区电力市场和县及县以下电力市场。根据我国的国情，县及县以下电力市场就是农村电力市场。

我国的农电发展同农村经济的发展是密不可分的。早在 20 世纪 30 年代，在个别大城市的近郊农村就有照明电。1949 年全国解放时农村总用电量只有 2000 万 kWh。新中国成立后的农村电气化建设，大体上可分为四个阶段：50 年代末到 70 年代初的始发阶段；70～80 年代的发展壮大阶段；80～90 年代的建设初级电气化县阶段；90 年代之后的农村电气化县建设阶段。我国农村电气化事业取得了很大发展。到 1998 年，全国县及县以下总用电量为 4599 亿 kWh，占全社会的总用电量的 40.53%，其中农村用电量 2041 亿 kWh，县城用电量 2198 亿 kWh。农村居民生活用电量达到 938 亿 kWh。农村用电量为建国初期的 1 万倍以上。我国农村电力市场在全国电力市场中占有重要地位，主要体现在：

（1）农村电力市场在电力市场中占有基础性的地位。该地位是由我国的基本国情所决定的。市场营销学中的市场包含三个主要因素，即有某种需要的人，为满足这种需要的购买能力和购买欲望。我国有 12 多亿人口，9 亿在农村。随着农村经济的发展，农村人口的消费

---

❶ 本文系国家社会科学基金项目（01CJY012） 谢传胜，华北电力大学工商管理学院；赵孟祥、郭强，国家电力公司农电工作部。

能力和改善生活条件、提高生活水平的欲望越来越强烈，农村电力市场是一个巨大的现实和潜在的电力消费市场。服务于80％的人口，覆盖90％的国土是支撑农电市场成为电力市场基础的主要因素。

（2）农村电力市场是电力市场发展的新的增长点。农村电力市场的用电量已占全社会用电量的40％以上，是一支影响电力市场发展的重要力量。目前，城市电力市场的需求增长变缓，而农村电力市场却以强劲的势头发展。经分析与预测，我国目前仍有6000万人口没有用上电。光这部分人口的电力市场就是一个巨大的潜在市场。今后几年内，农电市场每年可增加供电量2000亿kWh左右，相当于1997年县及县以下农村用电总量的50％。这样的增长速度是惊人的。农电市场是一个巨大的现实的和潜在的电力市场。

（3）农电市场的成熟与完善是电力市场的成熟与完善的标志。农村电力市场的建设与发展涉及面广，市场主体情况复杂，发育与完善的难度最大，所要解决的问题最多，因此，农村电力市场的成熟与完善在一定程度上标志着电力市场发展到了相对成熟的时期。

二、开拓农村电力市场的主要问题

农村电力市场主体不明确，没有建设和经营农村电网的符合市场规律的电力供应商。县电力公司不是把电直接卖给农村最终客户，而是趸售给乡电管站或村委会或村电工，因此，县电力公司不拥有农村低压电网的产权，不对农村低压电网的建设和经营负责，不是农村电力的最终供应商；村电工只是村委会雇佣的农村低压电网的管理者，不拥有产权，不对农村低压电网的建设和改造负责，也不对低压电网的长期运行效率负责，因此，农村电工也不是农村电力的最终供应商；一般来说，乡电管站或村委会是农村低压电网的产权拥有者。但作为地方基层政府或地方基层政府的派出机构，拥有和经营农村低压电网，却政企不分，因此，乡电管站或村委会也不是符合市场规律的农村电力供应商。事实上，农村低压电网的产权关系远要复杂得多。因此，农村供用电管理和经营体制不是符合市场规律的体制。由此，产生了一系列问题，主要表现在：

（1）农村电网供电能力薄弱，电能质量低。客户对电能质量要求提高，目前农村电力网络难以满足要求。在相当多地区的农村电力客户为了提高产品质量占领市场，采用高技术设备越来越普及，对电能质量及供电可靠性要求也越来越高，但农村电力配电网络不够完善，难以满足客户的要求。正是农村电力网络的不完善，设备的陈旧，造成检修时间过长，临修过多的恶性循环。农村电力变配电所布局不够合理，尤其10kV线路的负荷分配不均匀，使部分线路的供电仍存在"卡脖子"现象，在夏季用电高峰时，公用变压器超载、满载现象严重，造成电压低，空调设备难以启动运行。公用变压器布置偏少，低压供电半径太长，线损增加，也增加了电力抢修部门的负担。

（2）农村电力价格过高，电力缺乏竞争能力，造成电力客户流失，失去电力市场。农村电价的主要构成为：国家公布的电网销售的目录电价、国家规定征收的电力建设基金、三峡电力建设基金、农村集体电力资产（10kV及以下高、低配电线路及用电计量表计）的电能损耗费用折算的加价、农村集体电力资产设备运行维护费折算的加价、乡村电工的报酬、地方政府批准的农村电网改造资金折算的加价（有些地方不含）。农村电价的构成比城市电价的构成多出了3~4项内容，再加上这些多出的费用有许多不合理的地方，造成农村电价比城市相应电价高出0.8~1倍。过高过死的电价，降低了优质的、环保的电力的竞争力，使有些地方的农民用不起电，而选择了其他能源，如煤气、油、天然气、煤油灯等；使不少客户自备柴油发电机组自发自用，而不用农村电网的电。

（3）不正的工作作风依然存在。农村供电企业对客户服务的"老爷"作风，将很大程度上失去市场竞争力。不良的工作作风在工作中没有完全消失。表现为：拉闸限电的阴影在客户心理上没有消除；计划检修时间没有真正的从客户服务的角度出发，生产与服务的关系没有理顺；在停电预告通知上，没有按照规定的时间和程序，影响客户的正常用电；业扩过程手续烦琐，过于复杂，营业厅人员的服务态度给客户的心理造成压力；供电企业在客户工程的设计、安装及材料购置上的垄断服务，并未使客户真正受益；服务的内容没有真正落实到实处，没有落实到每个岗位、每个员工。

三、以市场营销的观念和策略开拓农村电力市场

市场营销观念的基本内容是：消费者或客户需要什么产品，企业就应当生产、销售什么产品。企业考虑问题的逻辑顺序不是从既有的生产出发，而是正好颠倒过来：从反映在市场上的消费需求出发，按照目标顾客的需要与欲望，比竞争者更有成效地去组织生产和销售。企业的主要目标不是单纯追求销售量的短期增长，而是着眼于长久占领市场阵地。流行的口号是："顾客至上"，"哪里有消费者的需要，哪里就有我们的机会"。在这种观念的指导下，企业十分重视市场调研，在消费需求的动态变化中不断发现那些尚未得到满足的市场需求（包括潜在的或潜意识的需求），并集中企业一切资源和力量，千方百计地去适应和满足这种需求，以便能在顾客的满意之中不断扩大市场销售，长久地获得较为丰厚的利润。

针对目前农村电力市场开拓中存在的问题，应以市场营销的观念和策略来开拓农村电力市场，主要搞好以下工作。

1. 建立和完善农村电力市场的管理体制，明确农村电力市场的主体

由于目前农村电力市场中没有合法的、符合市场经济规律的建设和经营农村电网的电力供应商，因此，应对现在的农村供电企业、乡电管站、村委会管电或村电工管电及层层趸售、层层加价的管理体制进行改革和重建，明晰农村电网的产权关系，建立具有独立法人地位的农村电力供应商，负责农村电力的规划、建设和经营。

2. 加强农村电网的改造与建设，减轻客户负担，提高电能竞争力

农村电网薄弱是影响农村电力市场发展的重要因素，因此改造好农村电网，是大力开拓农村电网的基础和基本途径。首先，要根据轻重缓急合理编制电网改造与建设规划和实施方案，其次是投入巨额资金按照规划和计划对电网进行改造，改善布局，提高科技含量，降低线损，达到安全可靠供电标准，为客户提供低廉电价、高质量的电能。

在农村电力市场中，对供电客户特别是高压供电客户贴费标准收取过高以及高压受电设备投资大，也是制约电力市场拓展的重要原因。因此，要在完善配电网络建设，保证电网安全运行的基础上，降低（放宽）现行的对高压供电客户受电设施设置的要求，也就是对单台变压器容量在800kVA及以下的客户，可以不设高压受电设备，改在变压器的二次侧计量，这样就大大减少了客户投资。据市场调查来看，以美国的康明斯/澳南柴油发电机为例，每千瓦的售价在1000～1200元左右，而客户在使用电网电力的工程造价为千伏安1600～1800元左右（含贴费），如果架设专用线路，造价更高，这也是许多客户弃用电网电力，改用柴油发电机组的原因，并且柴油发电机厂家承诺，发电机在使用期限到期后可以折价回收，而供电企业却没有这一服务内容。另外，对大容量客户的贴费收取，可以采用分期收取的办

法，以减轻客户一次性交费的压力。

3. 做好市场调查，改变电价形成机制，改善电价结构，降低电价，抓住电力消费的增长点

开拓农村电力市场，搞好电力市场营销。首先要对农村电力市场进行充分的市场调查，一方面要努力提高负荷预测的准确性，负荷预测要结合各地用电需求的变化及气温变化的影响，编制正确的负荷曲线，切实抓好农村电力市场的电量平衡工作。采取措施抓住现在的电力客户和培育潜在的电力客户。

电既然是电力市场中的商品，那么就必须遵循市场经济的价格规律，这就要求农村供电企业从电力系统的规划、建设到电网的经济运行，从电能质量、供电可靠性到经营服务都要贯以全新的观念，每一个环节的重大决策都要符合市场规律，否则，就不能实现企业以最低的成本获取最大利润的宗旨。任何因循守旧、盲目决策、违背市场或"皇帝女儿不愁嫁"的观念，都将受到市场的冷落和报复。市场是无情的，供电企业要适应市场竞争，除应争取国家优惠政策外（如税收），更主要的是电力价格要从行政定价体制转换为市场定价体制，全面推行到户电价是降低电价的途径之一，也是鼓励客户电力消费之有效手段。在居民生活用电中尽早推行峰谷电价，可以使居民客户大量使用家用电器，尤其是使电热水器、空调器等大耗电设备进入农村和乡镇居民家庭。对于工业客户，从客户自备柴油发电机的发电成本来看，从美国进口的康明斯/澳南柴油发电机组，每公斤柴油一般可发电 $4.5\sim5.5$ kWh，油价按 2800 元/t 计算，每千瓦时的发电变动成本一般在 $0.56\sim0.61$ 元/kWh，固定成本约 0.05 元/kWh，所以自发电成本一般在 $0.61\sim0.66$ 元/kWh，与供电企业的销售价格还有一定的差距。如果供电企业的电价能够降低到合适的水平，可以让这些客户重新回到电力市场中来或类似的潜在客户选择电网电力而放弃搞自备电力。

4. 建立与市场经济相适应的农村电力市场营销体系、组织机构

现在的电力销售部门叫"用电处（科）"，带有强烈的管制意识，靠这样的一个部门来负责整个营销工作，已远远不能满足电力市场的要求。为适应电力市场营销的需要，应对现有的电力销售组织机构进行改革，将"用电处（科）"改造为电力营销部或电力营销中心。这个部门兼有客户受理、价格确定、收费、市场调查、市场培育、营销策划等功能。

在农村电力营销管理上，全面推行"五统一"（统一电价、统一发票、统一抄表、统一核算、统一考核）和"三公开"（电量公开、电价公开、电费公开），逐步实现电力销售到户、抄表到户、收费到户、服务到户的"四到户"管理。就像有的县局长所说的，不能认为"四到户"任务大，怕麻烦，而要认为这是县电力公司扩大经营范围，抓住和开拓农村电力市场的良机。坚决杜绝"人情电、权利电、关系电"现象，以市场经济规律办事。

5. 优化营销人员结构，提高营销人员素质，建立一支高素质的营销队伍

农村电力企业应制定市场营销人员工作质量的考核标准，组织严格的考试和考核，合格者持证上岗；按照市场发展规律，结合本企业的实际，编制出营销的每一个环节和岗位的工作标准，建立健全相互制约的监督、考核机制，确保营销工作的正常运转；以提高企业经济效益为目的，建立起营销效益的高低直接与营销人员业绩紧密挂钩的经济分配机制；整顿乡、村电工队伍，以国家制定的农村电工统一考核标准为标准，对农村电工实行统一考核、择优录用，经过考核符合标准的农村电工一律持证上岗，纳入农村供电企业的合同管理，考核不合格的农村电工，坚决辞退，一律不得从事农电工作。

6. 建立健全服务体系，以优质的服务赢得电力市场

在开拓农村电力市场的过程中，"取信于民"是农村电力企业的立足之本。农村电力企业向客户提供优质服务既是市场经济内在的要求，也是竞争的重要手段。

企业服务的最主要的差异化因素是顾客服务的质量。顾客服务是以企业的有效运作和顾客满足为导向，通过加强与顾客的联系和沟通，不断满足顾客的要求，为顾客提供完善的服务以实现营销目的的一种营销方法。

服务机构和人员的行为按照是否与顾客直接接触，分为前台活动和后台活动。顾客服务的基本要求是尽量扩大前台活动范围，这样能提高服务的透明度，能提高顾客的满意度。

供电企业的营业窗口是主要的对外机构，其服务的质量直接影响电力企业整体市场营销活动的效果。

（1）农村供电企业的营销机构和营销人员，应树立"从服务中出效益"的思想观念，大力培植为顾客服务的经营作风。从根本上认清以下几方面的问题：服务是分内事还是对顾客的"恩赐"；顾客是"上帝"还是"累赘"；优质服务是装点门面还是让顾客真正受益；多供电快供电是顾客单家受益还是我们自身受益。必须改变过去那种"门难进、脸难看、事难办"的"电老大"的现象和形象，真正使客户得到更多的实惠和方便。服务始于客户需要，终于客户满意。

（2）把顾客由"用户"改为"客户"。低廉的电价、高质量的电能产品和优质服务是保持电力企业竞争力的基本条件。要做好优质服务，必须将电力用户称为电力客户，将用电管理改为客户服务。这不仅仅是称谓的改变，而且是电力企业的服务思想上实现的一次飞跃，也是电力企业真正转变观念，提高服务质量的关键。

（3）确定客户的服务需求。要想提供给客户优质的服务，首先要了解客户需要什么样的服务，客户对企业现有的服务有何不满，然后提供正确的服务。客户的服务需求主要包括三个方面：①购买过程中的服务，如客户新装、增容用电、变更用电的服务；②使用过程中的服务，如安全用电、节约用电、停电通知及事故处理等；③咨询服务，使客户能便捷、满意地获得有关用电方面的信息。

（4）完善服务系统。服务系统主要是满足客户的要求，同时还要为内部员工服务，把内部下道工序的员工也看作客户。主要有：①业务流程，对客户的服务从业扩报装、方案设计、装表接电、事故报修及客户投诉等工作程序的建立；②服务制度，即客户服务人员的管理制度、服务标准、服务质量。做到管理制度周到、细致，服务标准规范，服务标准量化；③服务设施，既能满足客户在用电过程中对服务的需要，又便于服务人员操作。如用电管理信息系统、自动抄表系统、负荷管理系统的建设，用现代化的手段完善服务系统，提高竞争力。

（5）加强客户服务质量的管理。主要是制定服务标准，加强与客户的沟通。服务标准以客户服务需求为基础，以客户的满意、最低费用和方便为目标，提供优质服务。如对客户的问讯及客户碰到的问题迅速做出反应，提高办事效率，像用电咨询、业务报装、计量表计故障及停电事故处理等应规定处理期限；对事故抢修实行昼夜值班服务，制定回访客户制度，及时反馈客户的各种信息，采取一切措施简化客户用电程序；各部门员工，从电话总机到后勤部门都应与客户友好相处，随时对客户的要求做出反应；尽量为每个客户提供有针对性的个别服务；对客户做出可靠的承诺等。

(6) 实现客户满意与忠诚。客户满意度是所提供的电力产品或服务令客户满意的程度。实现客户满意就是客户对电力企业提供的服务质量与感知价值的承认，从而体现客户选择消费电力产品的忠诚。为实现客户的满意与忠诚，电力企业应做到：加强售电前信息传播，主要是通过各种媒体宣传电力产品的优越性，服务的可靠性、承诺的兑现性；在消费电力和使用过程中要让客户服务部门大厅的有形展示具有的新颖性、服务流程具有的便捷与高效性、服务人员要和蔼可亲、服务项目周到；要设立客户接待日，以使客户投诉、抱怨的渠道畅通；建立客户咨询小组、客户意见卡、客户季刊、服务承诺执行卡、客户意见调查等，达到与客户的最有效的沟通，以实现客户满意和忠诚。

(7) 加大宣传力度，打造品牌形象，增强客户消费电力的观念。及时地对客户进行电力法律、法规的宣传，采用广告、散发宣传资料等形式，宣传使用电力的高效、环保、便利的特点。主要有：①树立良好电力企业形象，如承诺制；公布投诉、抢修及用电申请电话；赞助社会公益事业、活动等；②开发电力市场的宣传，如优惠政策；③买卖双方权利、义务的宣传，如按质按量供电、按时交纳电费；④安全用电常识的宣传，确保客户的人身安全，提高自我保护意识；⑤电力法律、法规的宣传，电力是商品，窃电是违法行为的宣传等。

【参考文献】

1. 国家电力公司农电工作部编．县电力市场营销 [M]．北京：中国电力出版社，2000.

2. 中国电机工程学会农村电气化分会、中国电力企业管理协会农电分会组编．农村电力市场 [M]．北京：中国电力出版社，1999.

《华北电力大学学报：社科版》2001 年第 3 期

【思考讨论】

从本篇论文看电力科技论文写作有什么特点？本文作者有几个？如何看待这一现象？

【简析提示】

本篇论文《农村电力市场改革与发展的对策分析》，切实研究了 1978 年以来我国电力工业改革与发展的具体实际；论述了我国农电市场在中国电力市场的地位；客观分析了目前开拓农电市场存在的主要问题；运用市场营销的理论和策略，转变观念，提出自己对于开拓农村电力市场的观点和具体措施。全文格式完备，内容翔实，体现了电力专业技术论文所特有的兼具学术论文与电力科学的特点，既有学术论文的创新性、理论性、学术性的一般特点，又具有电力的行业性、科学性、实践性本身的特点，从而使电力论文写作学术与行业双美并至。

本例是一篇合作论文，作者有三个：谢传胜、赵孟祥、郭强，前者是华北电力大学工商管理学院的，后两位均在国家电力公司农电工作部工作。合作论文写作在科技发展迅猛、分工精细化、综合要求越来越高的今天，已经成为一种趋势，如本文的合作者，通过合作，结合了华北电力大学工商管理学院的理论优势与国家电力公司农电工作部的实践经验，使论文能够理论联系实际，论到深处，文有实物。

【单项练习】

1. 请按下面要求标注参考文献。

［序号］主要责任者．文献题名［文献类型标识］．刊名，年卷（期）．

［序号］主要责任者·文献题名［文献类型标识］·出版地：出版者，出版年·

参考文献：

［1］ 凌焕新《论应用写作的人文性》发表于《应用写作》2005 年第 11 期

［2］ 何建民，洪薇《电业应用文写作 120 例》中国电力出版社出版于 2008 年 2 月

2. 写出下面参考文献类型或文献类型标识：

(1) 专著（　　　　） 　　(2) 论文集（　　　　） 　　(3) 报纸文章（　　　　）

(4) ＿＿＿＿＿（J） 　　(5) ＿＿＿＿＿（D） 　　(6) ＿＿＿＿＿（R）

【单元实训】

1. 结合自己的专业及自己的研究兴趣，或向专业老师咨询，确定一个研究课题。

2. 根据自己的研究课题，查找相关的资料，列出相关的阅读参考书目。

3. 阅读自己开列的阅读参考书目，并写出读书笔记。

4. 根据读书笔记，整理自己的学习思路，写出课题研究的背景、历史与现状。

5. 查找课题研究的最新信息，思考并提出自己的观点与看法，写出课题研究的提纲。

6. 广泛阅读、研究，寻找最切实的方法，进行深入研究，并形成论文。

7. 检查写作格式，用通用论文发表的格式或毕业论文写作的格式修改成文，并上交。

下篇　应用文写作综合实训指导

第九章　综合实训总体指导

第一节　综合实训的意义

古今中外，凡是有作为的思想家、政治家、文学家，无不重视公文的写作。在我国，公文的产生，几乎和文字的形成同步。早在甲骨文中，就有殷王的文告，如"王大令众人曰协田！其受年"（殷王命令奴隶们努力耕田，以期获得好收成！）。《尚书》是我国第一部以应用文为主体的文集，其中的诰、命、誓是周朝作为训诫勉励的文告和出师作战的命令、誓词。嗣后，历代许多有作为的大政治家、文学家也写下了大量的应用文。如秦代李斯给秦王的报告《谏逐客书》，汉代司马迁的《报任安书》，贾谊的《过秦论》、《治安策》、《论积贮疏》，晁错的《贤良对策》、《论贵粟疏》、《言兵事疏》，三国蜀汉诸葛亮的《出师表》，晋朝李密的《陈情表》，唐代魏征的《谏太宗十思疏》，韩愈的《论佛骨表》，宋代王安石的《答司马谏议书》，苏轼的《乞校正陆贽奏议进御札子》等。所有这些公文，让我们看到了历代思想家经世济民的思想光辉，也让我们见证了应用文对于历史发展的实际功效，同时欣赏了历代文人的笔墨风采。

现代应用文具有更多方面的作用，如信息交流，下情上达、上情下达、同行商洽、交流情况、协作共事等都有赖于应用文的写作。应用文可以用于宣传教育，如通报、简报、信息、报告等；用于规范行为，如条例、规定、办法、细则等；用于指导工作，如通知、报告、计划、总结等；用于谋生竞存，如求职书、策划书、竞聘报告、述职报告等；用于科学研究，如调查报告、论文写作等。

21 世纪的今天，高等职业技术学院的学生仅仅具备专业理论知识是远远不够的。应用写作能力在今天变得越来越重要，例如：平时学习生活需要日常应用文写作能力；毕业求职需要求职应用文写作能力；一线工作需要事务应用文写作能力；进入管理阶层，更需要公务文书的写作与管理能力；进入科学研究，更需要调查、实验、论文写作的能力。所有这些应用文写作能力的培养，不仅仅需要理论知识的掌握，更需要加强实践实训的提高。

《电力应用文写作实训教程》是高等职业技术学院开设的一门写作实训课，它的设置旨在通过学生的应用文写作实践实训活动，把应用文写作的理论知识应用到实际的学习工作中去，从而巩固应用写作基础知识，提高常用应用文写作能力，以适应当前和今后在学习、生活、工作以及科学研究中的写作需要。

本课程是一门实践性、针对性、综合性很强的课程，是职业技术学院学生掌握写作技能的一个非常重要的环节，是理论教学的必要延伸，也是技能实训的重要内容。应用文写作求知于教学，成事于实践。要把获得的写作知识应用到实际的写作中去，要经过不断的实践活动，实训是化知为能的最好的环节。希望通过实际的写作活动与训练，让我们把课内基础理论知识与实践相结合，了解应用文写作在实际生活中的作用，掌握常用应用文的写作格式和内容要求，写出用于实际、语言流畅并合乎规范的应用文。

第二节　综 合 实 训 内 容

应用文写作实训是分层次的。广义的实训分三个层面：知识训练、技能训练、综合实训。

营销专业综合实训内容安排如下。

1. 事务类文书

（1）计划：项目策划、活动修订。

（2）调查报告：调查问卷设计、调查问题设计、调查数据统计与分析、调查报告。

（3）总结：项目推进阶段性总结、活动总结。

2. 公务类文书

（1）公文写作：请示、批复、通知、函、会议纪要。

（2）公文管理：发文办理、收文办理、公文审核、公文用印、公文归档。

（3）办公室管理：办公设备、办公自动化、OA 系统。

3. 口才与表达

（1）产品说明与推销。

（2）演讲：向客户做 3min 自我介绍。

（3）辩论：说服有不同观点的客户。

4. 信息类文书

（1）新闻与报道：电力营销信息报道。

（2）活动与简报：营销专业知识信息报告会、营销信息简报、会议简报。

（3）广告：电力产品广告、电力公益广告设计。

5. 协议类文书

（1）合同文书：电力产品购销合同的修订、合同审议、合同修改。

（2）招标书：电力产品招标。

（3）投标书：电力产品投标。

6. 经济类文书

（1）市场调查：产品市场调查报告、需求市场调查与报告、可行性研究报告。

（2）经济活动分析：营销成本分析、营销利润分析。

（3）市场预测报告：营销专业就业市场预测、电力产品市场预测。

7. 书信类文书

（1）商务类文书：商务函电。

（2）呈请类文书：求职信、应聘书、自荐信、个人简历。

（3）礼仪类文书：贺信、柬帖、欢迎词。

8. 论文

（1）论文选题。

（2）论文提纲。

（3）论文写作。

（4）论文格式。

上述内容可以依据具体的活动项目确定相应的写作文种，但作为活动记录的基本形式，应当前有计划，中有报告，后有总结，即具备事务类文书的基本形式。此外，还应包括活动过程中自然形成的各类文书。

第三节　综合实训要求

时间：一周（5 天），5 课时/天。

地点：根据活动实际情况确定。

内容：根据活动实际，进行各类应用文写作实训（5 类以上）。

方式：

（1）班级集体活动；

（2）小组活动；

（3）小组成员分头活动。

要求：

（1）活动前要有计划或活动策划书；

（2）活动过程中要有文案实录，如调查问卷设计、采访提问要点、采访记录等；

（3）每天活动后应发简报、做小结或写调查手记、采访记；

（4）活动要恰到好处地组合进各大类的应用文写作；

（5）整个实训结束后要求写一份实训总结或实训建议书；

（6）整个写作实训文案应汇编成册；

（7）实训文案统一使用 A4 纸或 16 开纸，左侧装订；

（8）实训封面可以统一格式（参见示例一、二），也可自行设计。

成果：

（1）写作实训文案汇编；

（2）实物，如节电标志设计、活动小组名片设计、会议代表证设计等；

（3）图片、电子作品，如摄影、动漫、PPT 等。

评价：

（1）组长打分；

（2）小组自评；

（3）小组互评；

（4）教师综评。

安全：

（1）活动小组长给指导教师留手机号码；

（2）组长活动前要求点名，活动结束前清点人数才能解散，全部返校后报告老师；

（3）班长或各小组长应及时向指导教师或班主任报告人员出勤或安全情况；

（4）遵守交通规则，注意自我保护。

纪律：5 课时/周，随堂按时作息；有事向任课教师请假并向班主任作请假汇报。

礼仪：

（1）调查采访前，应作自我介绍，说明目的，双手递上身份证明；

（2）调查采访中，必须凝神聆听，以示恭敬，说话时目光看着对方，注意耳听笔录；

（3）调查采访后，必须表示打扰了对方的歉意，并对于支持者表示感谢。

第四节 综合实训参考选题

1. 大学生就业
2. 大学生自主创业
3. 浙江居民用电
4. 电力营销人员就业前景
5. 杭州旅游
6. 绿色电力宣传、调查
7. 节能活动在浙江
8. 绿色杭州、绿色电力公益广告
9. 市场营销就业形势
10. 节约学校用水、用电
11. 工科学院人文素质教育
12. 电力市场需求预测
13. 话说自考
14. 文学与人生
15. 校园 DV
16. 大学生话剧节
17. 影视与人生
18. 杭州休博会（采风）
19. 关注动物 善待生命
20. 电力与奥运
21. 电力论坛
22. 电力营销与口才
23. 演讲与辩论
24. 产品介绍与说明
25. 大学生课外阅读、勤工俭学
26. 人才市场调查、人才推荐设计
27. 电力安全标语设计
28. 学校徽标设计
29. 安全宣传吉祥物设计
30. 电力营销市场调查
31. 杭州太阳能屋顶实施现状
32. 写作实训项目策划

33. 浙江电力职业技术学院就业招聘会（模拟）
34. 校园安全广告设计
35. 模拟招聘现场会
36. 浙江电力市场（调查、预测、分析）
37. 校园人才网络营销策划
38. 节能产品推荐说明
39. 绿色电价（调查、分析、用户接受等）
40. 杭州用电大户情况
41. 电力产品促销、超市促销
42. 电力营销渠道、农村电力市场需求、家乡用电状况
43. 大学生上网

第五节　综合实训流程

【示例】大学生就业项目综合实训流程（见图9-1）。

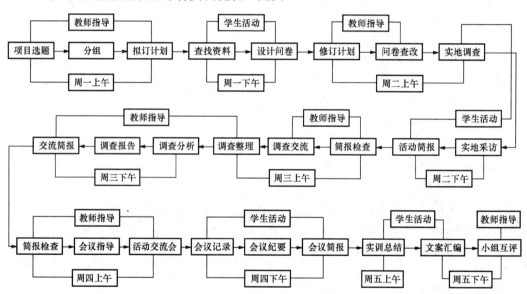

图9-1　大学生就业项目综合实训流程

第十章　综合实训分类指导

第一节　事务类文书指导

1. 实训目的

掌握事务文书如计划、总结、报告的一般写法，重点掌握计划的写法，能制订表格式计划。

2. 实训准备

（1）可选项目课题。

（2）实训用纸为 A4 纸。

3. 实训内容

（1）选定实训项目课题。

（2）为本次综合实训拟定实训计划。

（3）为本次综合实训活动拟定实训活动方案。

4. 实训要求

（1）小组拟定综合实训计划及综合实训活动方案两份文案。

（2）教师检查、指导学生修改后，每位学生按格式要求誊写清楚后上交。

（3）文档要求格式规范，内容正确，表达准确，文面清晰。

（4）各活动组长负责小组活动的纪律、安全、任务分配及文案的检查、收集、发放等工作。

（5）计划内所形成的文案不得少于五大种类（如事务类、新闻类、公文类、经济类、会务类等）文案的组合。

5. 实训步骤

（1）学生自主选择课题项目。

（2）依据所选项目主题组合活动小组。

（3）各小组选出活动组长，由组长记录小组成员、活动主题并留组长手机号码。

（4）分组拟定综合实训计划及综合实训活动方案。

（5）教师检查、指导学生修改。

（6）学生誊写计划及方案并上交。

（7）按计划及方案做下一活动准备。

6. 实训提示

本次实训依照活动的各个环节需要形成各层面的文案，目的是让学生对实训活动有一个具体、清晰的认识，并体会到我们所学习的各种应用文书都与我们的实际生活、学习、工作密切相关，通过实训掌握计划及活动筹备方案的制作。

（1）拟定实训活动计划。要求形成表格式计划，格式上要求有前言、实训活动安排表及落款。其中表格中必须明确具体的活动时间、活动项目、参与小组及人员、形成的文书、主持人、地点等均填入表中，在整个实训前上报给教师及有关部门。

（2）拟定实训活动预案。即实训活动的筹备方案，内容要求包括活动名称、活动主题、活动期限、参与人员、活动小组名称及职责分工、实训活动基地、场所选定、其他活动安排等。

（3）凡事预则立，不预则废。好的策划是成功的一半。时间充分、动作快、创造性强的小组可以将实训方案直接写成一份整个实训活动的策划书，也可以进行实训活动其他方案的写作，如起草活动通知、联合活动邀请函、外出联系商洽活动函、外出实践证明等文书，只要需要，皆可成文。

7. 作品示例

（1）条文式计划：

节约能源　从我做起

1）收集有关能源的相关信息，做一份情况简报。

2）订一份活动计划。

3）写一份活动倡议书。

4）写一组活动报道。

5）拟写有关能源节约的广告文案或公益广告作品。

6）设计公益广告文案。

7）举办节能有奖知识竞赛活动。

8）举办节能知识展、分送节能宣传品或自制小礼物。

9）写一份实训总结。

（2）表格式计划：

《乡村八记》综合实训项目设计（计划）：总计 5 天

章次	内　容		时　间
	项　目	任　务	
一	计　划	计划	上　午
	公　文	公文（公函）	下　午
		阅读材料收集、汇编，读书笔记、会议准备	晚自修
二	口才与表达	演讲与辩论	上　午
	会　务	读书笔记、读书报告、会议记录、会议纪要	下　午
		把会议记录整理成会议纪要	晚自修
三	新闻与报道	确定采访对象、收集相关信息、采访、新闻写作、新闻报道、观赏比较	上　午
	活动与简报	简报	下　午
		活动总结	晚自修
四	调查与报告	调查及信息收集、分析、整理	上　午
		调查报告	下　午
		文书整理	晚自修
五	总　结	总结	上　午
		实训文案汇编	下　午
			晚自修
总　计			35 课时

第二节　公务类文书指导

1. 实训目的

掌握公务文书如请示、报告、批复、函、会议纪要、通知、通报、通告、决定等的一般写法，重点掌握上行文、下行文与平行文这三类公文写作的不同特点，要求内容正确、格式规范。

2. 实训准备

（1）各小组实训活动计划，依计划分小组活动。

（2）实训用纸为 A4 纸。

3. 实训内容

（1）上行公文一篇。

（2）下行公文一篇。

（3）平行公文一篇。

4. 实训要求

（1）各小组依据本小组活动的需要，向校内外相关部门拟写与活动相关的上行文、下行文及平行文各一篇。

（2）教师检查、指导学生修改后，每位学生按格式要求誊写清楚后上交。

（3）文书要求以文件格式进行写作，眉首、主体、版记俱全，格式规范，内容正确，表达准确，文面清晰。

5. 实训步骤

（1）各小组自主选择三大类公文文种，合作拟写出三篇不同类型的公文。

（2）教师检查、指导学生修改。

（3）小组讨论、修改，撰写出正确的文案。

（4）教师检查、认可学生所撰写的文件后，学生誊写三个文件并上交。

（5）按计划及方案做下一活动准备。

6. 实训提示

实训活动的需要，便是形成各类文书的根本原因。各小组依据主题活动的需要，以小组为单位向学校的相关行政职能部门提出活动的请求，要求答复批准，并对横向单位联系商洽活动的相关事宜，所有活动均需以文件格式进行公务处理，形成文书。

（1）上行文应当注意选择正确的文种，依照严格的行文处理方式，做到格式规范，语言真实、准确，陈述重点确定，事由充分，事项明晰。此外，如有附件、附注、签发人等项目都不可疏漏。

（2）下行文的文种也应正确选择，做到事由清楚，事项明朗，态度鲜明，并写明具体意见和要求。注意标题、发文字号及主题词拟写规范。

（3）平行文是不相隶属单位、机关之间商洽工作、询问和答复问题等时使用的公文形式，在写作中应注意使用恰当的措辞和语气。

（4）所有公文都采用文件格式进行写作，眉首、主体、版记的各要素组成及写法都要规范，使用 A4 纸，左侧装订。

第三节　信息类文书指导

1. 实训目的

掌握信息类文书如消息、通讯、简报、广告等的一般写法，重点掌握消息、简报的不同的写法，要求内容正确、格式规范，要特别关注广告设计这样一类富有创意性的设计或文案。

2. 实训准备

（1）各小组的实训活动计划，依计划准备小组活动。

（2）实训用纸为 A4 纸。

（3）广告设计用品或 PPT 电子方式作品。

（4）实物所需用料。

3. 实训内容

（1）消息、通讯任选一篇。

（2）简报一份。

（3）广告设计一份。

4. 实训要求

（1）小组根据本小组活动主题拟写消息或通讯一篇。

（2）拟写并刊发活动简报一份。

（3）完成广告文案或实物设计一份，要求与活动主题密切相关，中心突出、整体简洁。

5. 实训步骤

（1）各小组依据本组活动计划安排，为本小组活动向校刊、社团、团委、学生科等相关部门发布小组活动消息、通讯或刊发活动简报。

（2）教师检查、指导学生修改后，每位学生按要求誊写清楚后上交。

（3）分组进行广告文案或实物设计。

（4）展示各小组的广告设计成果。

（5）按计划及方案做下一活动准备。

6. 实训提示

团队的影响力是值得关注的。各小组可依据本小组活动计划安排，为本小组活动向校刊、社团、团委、学生科等相关部门发布小组活动消息、通讯或者刊发活动简报，在班级、学校等范围内扩大小组活动的影响力。

（1）根据小组活动主题，拟写一则动态消息或通讯。写作时，应注意标题要能揭示基本事实，导语要能够一语概括时间、地点、人物、事件等方面的基本要素，并揭示消息报道的意义；主体要能展开；如果能关注背景材料的补充说明就更好了。通讯是采用叙述、描写或议论等多种手法，较为详尽和形象地报道现实生活中具有新闻价值的典型人物与事件的新闻写作体裁。可以选择人物通讯、事件通讯、风貌通讯等自己感兴趣的类型来写，注意结构的展开，采用纵式结构、横式结构或纵横交错式结构。

（2）活动简报宜采用动态简报的形式来编写，并注意信息内容编写的时效性。简报在形式上分为报头、报核、报尾三部分。报头由简报名称、期数、编印单位、编印日期等组成；

报核由标题、按语、正文组成；报尾分行写明"报"、"送"、"发"的单位和印发份数。简报文字需朴实、简练。

（3）广告文案或实物设计是活动中最具创意的一项内容，要注意创造性思维的培养，注意把活动主题与专业、行业、公益广告等要素组合进去，用最简洁的语言文字或图像表现出最丰富的内涵来。

第四节 协议类文书指导

1. 实训目的

掌握协议类文书如合同、招标、投标等的一般写法，重点掌握招标公告或招标通知书、投标书及合同的不同写法，要求内容正确、格式规范。

2. 实训准备

（1）招投标的项目准备，如大学生创新活动海报设计、校徽设计、电力产品等。

（2）实训用纸为 A4 纸。

（3）用于招投标的相关实物。

3. 实训内容

（1）招标公告或招标通知书一篇。

（2）投标书一份。

（3）合同一份。

4. 实训要求

（1）招标项目设计要合乎实际，并能引起广泛的兴趣。

（2）投标内容要合乎招标文件的要求，既能亮出最有实力的竞标条件或承诺，又能合乎自身能力实际。

（3）要保证合同签订的各方都能维护自身的利益，同时能承担相应的义务与责任，合同条款要避免引发争议。

5. 实训步骤

（1）分组进行项目招标设计。

（2）拟写招标公告或招标通知书。

（3）各小组对自己感兴趣的项目购买招标文件、编制投标书并进行投标。

（4）开标、评标、决标。

（5）各招标小组发出中标通知书或公告。

（6）招标、中标双方签订书面合同，并上交该项实训形成的文书。

（7）按计划及方案做下一活动准备。

6. 实训提示

合同与招投标是一种国际通用的经济活动方式，随着我国市场经济体制的建立和完善，特别是在我国加入 WTO 之后，合同、招投标活动越来越多，合同、招投标文书用得越来越广泛，作用也越来越大。通过实训，加深了解合同的撰写与招投标的相关知识，掌握合同与招标、投标文书的规范写法。

（1）招标公告或招标通知书是招标过程中发布的第一个文件，属周知性文件，应包括以下内容：①招标人的名称、地址，委托代理机构进行招标的应注明该机构的名称和地址；②招标项目的性质，标明是属于工程、货物还是服务项目；③招标项目的数量；④招标项目的实施地点和实施时间；⑤招标文件的获取办法。正文通常采用分条叙写的方式，层次要清楚，表达要明确，给人以清晰的印象。

（2）投标和招标是相对应的，先有招标，后有投标。招标书是投标书的引导，其后议标、评标、定标等环节的活动，无不是围绕招标书而进行的；中标和签订合同，也要以招标书为凭据。投标是一个比实力、比技术、比信誉、比价格、比能力、比策略的竞争过程。影响投标成功与否的因素很多，但与投标书撰写得好坏有着直接的关系。投标书的撰写应注意下述方面：①内容要有针对性；②有科学求实的态度；③内容合理合法；④讲究时效。

（3）合同的各项条款的表述须明确、具体、全面、周密，以免有所疏漏，或中标后引起经济纠纷。

第五节　呈请类文书指导

1. 实训目的

掌握呈请类文书如求职书、自荐信、简历、应聘信等的一般写法，重点掌握求职书、简历、求职策划书的不同的写法，要求内容正确、格式规范，要特别关注求职策划书这样一类富有创意的文案。

2. 实训准备

（1）模拟招聘会场的布置。

（2）实训用纸为 A4 纸。

3. 实训内容

（1）求职信或应聘信一篇。

（2）简历一份。

（3）求职策划书或求职创意一份。

4. 实训要求

（1）分小组担任招聘单位、校方、各类求职人员甚至求职人员亲友团等各类角色。

（2）担任招聘单位及各类求职人员等的小组可以进行角色互换。

（3）完成求职书、简历或求职策划书各一份，要求有特色、有创意、可接受、简洁明了。

（4）在角色互换中体会各方不同的想法，更好地设计出反映不同求职立场诉求重点的文案。

5. 实训步骤

（1）分小组担任招聘单位、校方、各类求职人员甚至求职人员亲友团等各项角色。

（2）各小组为自己承担的角色进行写作文案准备。

（3）进行模拟人才交流会。

（4）各小组修改自己的文案。

（5）换角色进行模拟人才交流会。

（6）完成交流会形成的求职书、简历或求职策划书等各项文书，修改誊写后上交。

（7）按计划及方案做下一活动准备。

6. 实训提示

在当今的大学生心目中，"毕业"、"择业"、"失业"、"事业"，已逐渐演变成一组"关联词"、"近义词"和"同义词"。面对毕业和就业，你是否做好了足够的准备？谋职之道，成于韧性。

（1）撰写一封得体的求职信。要力求做到"情"、"诚"、"美"兼备，以"情"感人，以"诚"动人，以"美"迷人。一封理想的求职信应该按照以下几个方面来构思：①对自己的知识水平、能力和价值做出恰当的评估，陈述你的兴趣和求职动机；②调查职业、工种和用人方情况并做出评价；③确定自己的求职目的和事业目标；④写一份具专业水准的简历；⑤设计并逐步实施你的求职活动；⑥申请参加面试；⑦选择一份适合于自己的工作。

（2）简历的写法要注意：①内容上突出个性；②形式上与众不同；③篇幅上短小精美；④表达上转劣为优；⑤用证据证明实力；⑥用词上力求精确。

（3）在进行求职策划时要注意构思缜密周详、用语平实典雅、文字流利畅达、创意新颖别致，甚至在书写编排上也要引起注意，要实事求是，从实际生活中总结经验教训等。

第六节　礼仪类文书指导

1. 实训目的

掌握礼仪类文书如贺信、请柬、邀请函、欢迎词等的一般写法，重点掌握贺信、请柬或邀请函的写法，要求内容正确、格式规范。

2. 实训准备

（1）模拟国家电网报社成立大会会场的布置。

（2）实训用纸为 A4 纸。

3. 实训内容

（1）贺信一篇。

（2）请柬、邀请函一份。

（3）欢迎词一篇。

4. 实训要求

（1）代表国家电力监管委员会主席对国家电网报社的成立拟写一封贺信。

（2）代表国家电网报社向电力信息网、国电各新闻下属单位拟写一份请柬或邀请函。

（3）代表国家电网报社向参加电力信息网报社成立大会的单位、来宾拟写一则欢迎词。

5. 实训步骤

（1）布置模拟国家电网报社成立大会会场。

（2）分小组担任国家电力监管委员会主席、国家电网报社领导、参加电力信息网报社成立大会的单位、来宾等各项角色。

（3）各小组为自己承担的角色进行写作文案准备。

（4）进行模拟国家电网报社成立大会。

（5）各小组修改自己的文案。

（6）换角色进行模拟国家电网报社成立大会。

（7）完成模拟国家电网报社成立大会形成的贺信、请柬或邀请函与欢迎词等各项文书，修改誊写后上交。

（8）按计划及方案做好下一活动准备。

6. 实训提示

会议活动是现代社会常用、有效的社会活动方式，参会形成的必要性礼仪类的文书的运用愈来愈广泛，其写法值得我们关注。

（1）贺信是对特定对象表示祝贺的言词或讲话稿。拟写时，首先要有明确的写作主题，搞清楚向谁祝贺、祝贺什么这样一些基本问题。祝贺用语直白明朗为好，给人以强烈的现场感，语句可适当华美、工整、上口，便于记诵。

（2）请柬往往用来表示对邀请者的郑重态度，表明主人对客人的尊敬。请柬的个性化设计非常重要，具有鲜明特色的请柬对成功的公关活动无疑会发挥重要作用。拟写时要特别注意在正文中写明被邀人的活动内容、时间、地点等基本信息。

（3）欢迎词是主人在迎接宾客的茶会或酒宴上对宾客表示欢迎之意的致词。拟写时要注意使用尊称，正文一般表达四层意思，其中：一是介绍来宾访问的背景情况，对客人的来访表示欢迎、问候或致意；二是客观评价对方的业绩，阐明来访的意义、双方的友谊与合作；三是简单介绍本单位（或本地区、本国）的情况，如果是外宾，则以介绍我国的内外政策为主；四是热情地表示良好的祝愿或希望。欢迎的语词要热烈，并贯穿始终。

第七节　经济类文书指导

1. 实训目的

掌握经济类文书如市场调查报告、经济活动分析、市场预测报告等的一般写法，重点掌握市场调查报告的写法。

2. 实训准备

（1）市场调查项目准备。

（2）有关市场调查项目资料收集。

（3）实训用纸为 A4 纸。

3. 实训内容

市场调查报告一篇或市场预测报告一篇。

4. 实训要求

（1）市场调查的项目要有可行性。

（2）市场调查问卷设计应考虑到调查的各个层面，多侧面多层次地反映调查项目的内容。

（3）完成市场调查报告或市场预测报告一篇，会议记录、会议纪要、会议简报各一份，要求调查事实确凿，建议措施切实可行，会议记录翔实、会议纪要概括、会议简报格式规范。

（4）调查交流会要做好会务工作以及相应的文案工作，如会议记录、会议纪要及会议简报，并注意它们之间的区别。

5. 实训步骤

（1）小组确定市场调查的项目。

（2）分组进行市场调查问卷设计。

（3）进行实地市场调查。

（4）各小组进行调查数据分析。

（5）市场调查交流会。

（6）完成市场调查报告的写作并上交。

（7）按计划及方案做下一活动准备。

6. 实训提示

人生缺少的不是机遇，而是发现机遇的眼睛。进行市场调查，撰写市场调查报告，就是用我们的眼睛去捕捉商机的必要途径。

（1）市场调查报告是在对调查得到的资料进行分析整理、筛选加工的基础上，记述和反映市场调查成果并提出作者看法和意见的书面报告。一份好的调查报告，必须过三关：调查关、分析关、写作关。市场调查报告的写作要做好市场调查研究工作，要实事求是，尊重客观事实，要中心突出，条理清楚。

（2）市场预测报告的主体包括现状、预测、建议三方面内容。写作时应注意做到：说明现状，材料必须准确可靠；预测未来，判断必须准确无误；提出建议，措施必须切实可行。

（3）市场调查交流会的会务工作。

会前：出会议通知、拟写邀请函、布置会场、准备会议发言等。

会中：会议主持、会议发言，提出不同意见，进行会议记录等。

会后：整理会议记录，拟写会议纪要，分发会议简报等。

第八节　论文写作实训指导

1. 实训目的

掌握论文写作中各个环节如论文选题、提纲、格式等的一般特点，重点掌握论文格式的写法。

2. 实训准备

（1）论文选题准备。

（2）有关论文课题资料收集。

（3）实训用纸为 A4 纸。

3. 实训内容

电力专业小论文一篇。

4. 实训要求

（1）论文课题的选择要有价值，符合论题的基本要求。

（2）课题明确后应收集与论文课题相关的大量信息，列出参考书目。

（3）拟写论文的写作提纲，尽可能地写出论文的观点，并有相应的材料作支撑。

（4）完成整篇论文的写作。

5. 实训步骤

（1）确定论文写作方向。

（2）根据课题研究的方向查找相关信息资料。

（3）初定论题。

（4）根据论题，写出该课题研究的基本情况、现状或背景、目的、意义等。

（5）写出自己研究与众不同的观点、数据及结论等。

（6）完成小论文的写作、检查格式要求后上交。

（7）按计划及方案做下一活动准备。

6. 实训提示

论文是衡量一个人学术水平的重要标准，也是衡量学生学业成绩的重要依据。它是通过研究出来的，不是凭空写出来的。论文写作是知识积累的自然结果。知识积累是思考的前提，分为平时积累和写作积累两类。平时积累是关键、是基础；写作积累是在写作开始时所需要的一次短暂的积累过程，需要了解与自己选定的研究方向相关的动态研究水平及最新的研究成果，需要在写作之前通过检索和阅读相关的论文或研究综述来了解。

论文命题是一个需要被论证的判断。选题时可以从各学科的年会综述中去发现一年以来该学术领域中比较热点的问题，也可以从杂志每年最后一期的总目录中提炼出学术热点问题作为论文的主题，还可以从新闻中去发现值得写作的有价值的主题。

在使用资料的时候需要注意，我们要尽量使用第一手资料，能不使用二手、三手的资料就尽量不要使用。除了尽量使用第一手资料外，我们在使用资料时还要注意资料的时效性。

论文写作要规范。标题要简洁明了，能集中反映论文的主要内容，切忌使用会引起多重理解的、或文学色彩浓重的标题。论文的摘要应把文章中最创新的部分反映出来，关键词则尽量选择与论文的核心内容相关的词。论文的内容结构一般由三部分组成，即问题的提出、问题的分析论证和结论。论文的分析论证部分必须要有小标题，而且为了让文章的体系更清晰，可以使用多级小标题，以便于让读者能够在最短的时间内掌握论文的结构、思路，有选择地阅读。论文应当有注释，这不仅仅是对他人劳动的尊重、对著作权的保护，也是论文作者水平的直接反映。没有注释的论文是不充实、不丰满的，其论点也缺乏支撑力和扩张力。论文的参考文献是作者在论文撰写过程中参考过的所有资料的汇总目录，在很大程度上反映出论文的质量。

第九节　文案汇编指导

1. 实训目的

掌握总结的写法，并把本次实训活动形成的各类文书汇编成册，形成写作书面成果。

2. 实训准备

（1）实训过程中形成的各类文案。

（2）实训用纸为 A4 纸。

（3）订书机、胶水、塑胶封面夹等。

（4）实训过程中形成的实物、PPT 等。

3. 实训内容

（1）电力应用文综合实训总结一篇。

（2）写作文案封面设计、目录设计、前言、后记各一份。

（3）电力应用文综合实训成果展示、交流与成绩总评。

4. 实训要求

（1）综合实训总结既要有基本情况的概述，又要有具体实例，既要有观点，又要有事实，使整个文章条理清楚、结构完整。

（2）写作实训文案汇编要有创意，设计要美观大方。

（3）成果展示以团队为主，要能彰显团队合作精神，力争成果内容丰富、效果突出。

（4）小组评分要客观真实。

5. 实训步骤

（1）教师作简单的实训指导。

（2）学生进行应用文写作综合实训总结。

（3）在经过文案封面设计、目录设计、前言、后记写作指导后，再进行具体设计与写作。

（4）文案汇编，装订成册。

（5）各小组进行活动总结陈词及成果展示与交流，其他小组评分。

（6）小组写作实训文案及相关实物上交。

（7）教师进行成绩总评。

6. 实训提示

写作实训的最后阶段是总结与文案汇编的阶段，经过几天来的努力，到了该收获的时候了，让我们用一份美丽的心情去完成这最后一项工作，希望它能够给我们留下充实、快乐与美好的回忆。

（1）总结的写作是十分重要的，有总结才会有提高，这是一个从实践上升到理论的过程，因此，总结的好坏也是实际收益大小的一个标志。总结的形式可以各不相同，但重要的是能够实有所获，找到一些规律性的东西，形成经验性的成果，给人以借鉴。

（2）文案封面设计、目录设计等项工作，创意性强，效果突出，是展示我们良好审美力、创造力的一个方面，值得引起我们的重视。

7. 文案示例

（1）封面设计。

（2）目录设计。

【封面设计】

项目名称

应用文写作综合实训文案汇编

班　　级＿＿＿＿＿＿＿＿＿

姓　　名＿＿＿＿＿＿＿＿＿

指导教师＿＿＿＿＿＿＿＿＿

浙江电力职业技术学院

二〇〇　　年　　月　　日

【目录设计】

目　　　录

1. 前言

2. 计划

3. 信函

4. 辩词

5. 读书笔记

6. 读书报告

7. 会议记录

8. 会议纪要

9. 采访提纲

10. 新闻写作

11. 新闻采写小结

12. 简报

13. 小结

14. 调查报告

15. 总结

16. 后记

参 考 文 献

［1］崔明礼. 营销管理国际通用规范文本［M］. 北京：经济管理出版社，2004.

［2］崔明礼. 行政办公国际通用规范文本［M］. 北京：经济管理出版社，2004.

［3］厉金，蔡少恒，等. 营销文案写作文本［M］. 北京：经济管理出版社，2006.

［4］威廉·贝塞尔，艾琳诺·杜甘. 销售信函［M］. 北京：中国财政经济出版社，2005.

［5］鹏程. 文案力：通过心灵的说服［M］. 北京：机械工业出版社，2006.

［6］何建民. 电业应用文书写作［M］. 北京：中国电力出版社，2001.

［7］陈桂良. 大学应用文写作［M］. 杭州：浙江大学出版社，2002.

［8］刘翔飞. 财经实用写作［M］. 长沙：中南工业大学出版社，1994.

［9］朱悦雄. 应用写作病文评析与修改［M］. 广州：广东高等教育出版社，2004.

［10］四川省电力工业局，四川省电力教育协会. 电力企业应用文写作［M］. 北京：中国电力出版社，1999.

［11］语文出版社第二编辑室. 常用应用文写作［M］. 北京：语文出版社，1994.

［12］魏启德. 应用文写作训练习题集［M］. 2 版. 北京：中国商业出版社，2000.

［13］火玥人.《应用文写作》同步练习册［M］. 北京：中国电力出版社，2003.

［14］曹晖，王景丹，李呈祥，等. 现代经济写作［M］. 4 版. 北京：蓝天出版社，1994.

［15］吴秀明，李友良，张晓燕. 文科类学生毕业论文写作指导［M］. 杭州：浙江大学出版社，2003.

［16］何建民，洪薇. 电业应用文写作 120 例［M］. 北京：中国电力出版社，2008.

［17］屈援. 市场预测理论与应用. 广州：暨南大学出版社，2003.